巧克力情書

鄭華娟

CONTENTS

自序

自由生活俱樂部

我很幸運，常有機會遇見有趣的人和事。我曾在德、法交界的葡萄園，聽一位超級有趣的老先生給我說了個很棒的故事。

因爲這故事很有趣，所以寫在書的序裡搶先跟你分享：

說故事的白髮老先生是德國人，他在第二次世界大戰期間被分派到德、法邊境，環繞著大片葡萄園的崗哨當警衛。

「每天來往兩國邊境的都是酒農。他們有一半的葡萄園在法國，一半的葡萄園在德國。所以，很多當地酒農都是當天往返兩國邊境很多次。」白髮蒼蒼的老先生說。

「當時，戰事吃緊的時候，民間禁止私自買賣或交換貨物，違法者有可能立即被處以死刑；我們的工作，就是要嚴格檢查酒農是否有夾帶貨物到另一國去私自買賣。但只有一位酒農，他聰明地騙過了所有人。」老先生笑著說。

我無法想像，每天都要被德國警察嚴格檢查的這位酒農做了什麼事，可以讓這位當時嚴格的警察無法忘懷？

「這位酒農，每天像瘋子似的，在他的腳踏車上掛滿了從四處撿來的舊鎖：戰爭期間被毀壞房門的鎖、老莊園門的大鎖，還有根本已經腐朽的壞鎖，掛得滿車都是，我們都認爲他一定是精神不大正常。」老先生搖著頭說，「日復一日，大家對這位用腳踏車載一堆舊鎖的酒農習以爲常，他也成了邊境崗哨警察最熟悉卻也最不擔心的人物。」

「大戰結束幾年後，偶然一次遇見那位舊鎖腳踏車先生，他的腳踏車上沒有掛任何舊鎖，看來也一切正常。於是我問他，『您不再蒐集舊鎖啦？』但他的回答眞是讓我難忘。」老先生說著突然露出像小孩子般的眼神。

「原來，滿車的舊鎖只是障眼法；他經常走私一部新的腳踏車到德國跟別人換食物，回家時將全部的舊鎖再掛上一輛舊的腳踏車推回法國。下一回，再把舊瑣掛上另一部新腳踏車推到德國換食物，每次都是如法炮製。而我們這些自以為很嚴格的邊境警察，竟只注意到舊鎖，卻沒有注意到並不是同一輛腳踏車。於是，他們全家得以靠用腳踏車從德國換來的食物度過當時糧食缺乏的生活。」說故事的老先生雖然當時被矇騙，但對這家人能躲避戰時的饑荒危險而繼續生活下去感到高興。

聽到這故事，我也覺得很高興。爲什麼？因爲那位酒農如果當時臣服於命運，宿命地認爲乾脆餓肚子算了，可能他的全家都要受苦；當時嚴格的警察，如果能多加思考腳踏車掛舊鎖的原因，是否就會洞察了酒農的障眼法呢？這些問題都沒有標準答案。每個人的獨立思考才是重點。如果你是酒農，你會怎麼做呢？你會想出辦法向命運挑戰嗎？如果你是警察，你會如何仔細觀察習以爲常的景象呢？對日常生活中的事多加思考，可以讓生活變得更獨立且自由。如果不練習思考，生活會有點無聊，也會很沒創意。當腦袋不能獨立思考，心上就常感到前途茫茫。只有你能傾聽自己內心的聲音，也只有你清楚當你達成了什麼人生目標會感到快樂。你不再道聽塗說，有樣學樣；你會有你自己的自由生活風格。你不會因爲要逃避別人的期望而苦痛，因爲你早已掌握自己的生活目標。

獨立思考，每個人都可以做得到嗎？當然沒問題！只要常常保持好奇加好學的心態，就會讓你找回這本來就擁有的獨立思考能力。最近，我選修了「批判思考」（Critical Thinking）的課，覺得這本來屬於哲學範疇的課業，竟然可以運用到日常生活的每一件事上，幫助我把生活過得更好玩，也讓我更加寬了看待生活的視野。這讓我十分快樂！這是我以前沒有想過的人生收穫。這本書中的故事，可以讓我們一起練習獨立的批判思考，不是爲了找答案，而是爲了讓生活裡的一切更自由。請找到屬於你的觀點，也同時練習對你目前的生活做一點思考整理。正像酒農可以找到掩飾販售腳踏車的方法來餬口，挑戰生活上無可避免的命運；也像書名《巧克力情書》的吻巧克力店老闆娘的美麗創意，將巧克力做成墨水來寫情書。

這正是我想跟你在這本書分享的重點，現在就請你加入這個好玩的「自由生活思考俱樂部」吧。

修女跳牆

每年春分月圓之後的第一個星期日便是復活節。什麼是復活節？先來解釋一下：

聖經上記載，耶穌的門徒出賣了耶穌，耶穌被送上法庭審判。祂被判了釘上十字架的死罪。星期五行刑之後，耶穌的追隨者只能草草在日落前將耶穌埋葬在一個墓穴中，待星期六啥也不能做的安息日過後的那個星期日，再前去探望被釘死的耶穌。但是奇怪的事發生了，當人們星期日早晨再度來到埋葬耶穌的墓穴時，卻發現墓穴已空，人們這才明白過來這是應驗了神的啓示，耶穌已經復活了！當時的耶穌追隨者及後代，就把這三天之中發生的事視爲重要的神蹟，在每一年都加以紀念。

好了，解釋完畢。這個聖經記載流傳至今，仍對歐洲信奉基督的人相當重要，在每年春分月圓之後的第一個星期日就是復活節，而之前的星期五便是耶穌受難日。有些非常虔誠的天主教徒還會在每個星期五避免吃肉，以紀念耶穌的受難。復活節在歐洲各地的天主教會都會舉行盛大的彌撒，讓信徒參加這重要的祭典活動。當然，復活節也被歐洲人視為重要的假日。

按照聖經的記述，復活節一定是得在星期日才行。而春分月圓後的第一個星期日的日期也不一定年年相同，所以復活節有時是在三月，有時又在四月。老德先生的家庭是虔誠的天主教之家，婆婆每年一拿到新月曆，就會看復活節的日期；這跟我一拿到農民曆就看除夕是國曆的哪一天有異曲同工之妙。

「明年的復活節是在四月哩！」老德先生說。

「喔！」我奇怪他為何會突然注意起復活節假期？因為還有好幾個月的時間。

「我正在考慮我們的復活節假期要上哪兒玩；妳想去哪裡呢？」老德先生拿

不定主意地問。我知道他是那種早安排假期早安心的人，而且老德先生的「烏爾勞布」（德文【度假】的諧音）神經特別發達，只要放長假不出門旅行就會坐立難安。這跟我是很相像的啦，我們是最佳旅行二人組，聽到旅行，眼睛就閃閃發亮。

「去看教宗吧！」我突然冒出這種怪回答。

「看教宗？羅馬？」老德先生頭上冒出問號。因為老婆不是會好好正經望彌撒的人類。每回上教堂我都會看有沒有好笑的事可以拿來取樂；或在唱聖詩時假裝走音讓鄰座的人很受不了，這都讓老德先生很想笑又覺得很丟臉。於是，當我提出去羅馬看教宗的復活節行程時，讓老德先生有點跌破眼鏡。

「對啦！去羅馬望復活節彌撒。很不錯呀。」老婆又再說了一次。

老德先生當然不會放過機會請老婆解釋一下原因；他可不是言聽計從的老公。如果我的說法不能說服他，他可能會繼續尋找另外的旅行地點。所以囉，做老婆的這時就要祭出三吋不爛之舌，來替自己的旅行目的地辯護。

「我的想法是這樣，」我清清喉嚨接著說，「每逢復活節，正常的話，歐洲到處都在塞車……」老德先生聽了點點頭，表示我所言不假。誰不想趁春天剛降臨人間時，跟家人一起出遊呢？順便慶祝冬天陰霾已過，用最清爽的心情來迎接明媚的歐洲之春的開始。幾乎所有重要的快速道路都爬滿了要去度假的車潮哩。電視廣播和各種媒體都嚴陣以待，隨時報導度假之車潮狀況。「再來，這三天除非是露營，參觀博物館，要不然各地的商店都休息，連街都沒得逛呀……」

「哇！講了半天竟然是因爲不能逛街喲？」老德先生立即聽出我心底的事，他覺得我的解釋太沒誠意。

「不是啦，不是啦，」機警的本人趕緊修正，「我覺得我蠻喜歡過世的教宗若望保祿二世；他不是來過我們這小鎮主持過大教堂的彌撒嗎？這次到梵蒂岡去，正好可以去瞻仰他的安息地呀。」這理由一說出來，讓虔誠的天主教徒老德先生開始不太反對我的旅行目的地。

一個明媚的春分月圓之後的第一個星期五，我們抵達了羅馬。

「哇，塞車！」老德先生開著我們租來的小飛雅特車子在羅馬街道上找去梵蒂岡的路。「今天又不望彌撒，幹嘛要去梵蒂岡呀？」老婆望著車窗外很多還在營業的商店流口水。心想，乾脆叫老德先生放我下車，我來去自己瞎拼一圈。

「因爲我在找一家聽說還不錯的餐廳；妳快幫我看地圖，現在該往哪兒走？」老德先生把羅馬市地圖交給我。老德先生和我，旅行前要做很多收集資料的功課。老德先生分配到找餐廳及住宿資料，而我則是要找博物館和想看的展覽的資料。

「餐廳？是晚餐吧？可以晚上再找嗎？」我接過地圖，眼睛卻還在望街上可愛的商店。現在日正當中，老德先生竟然浪費我逛街的時間！

「不行，」老德先生馬上拒絕，「我想先看看餐廳位置在哪兒；晚上天暗了更難找。」老德先生認眞地回答。唉！既然他回答的那麼認眞，我只好壓下自己的瞎拼慾望，開始幫忙找找餐廳地點。我這麼合作，當然是因爲很怕晚上找不到路，萬一餓肚子就慘了。我舉頭望望四周因朝聖而來的巴士和聖徒，眞是擠到翻天！羅馬市區的交通狀況也夠兇猛，這時讓很喜歡遵守交通規則的老德先生有點招架不住。看到這情形，老婆倒一下子忘了要逛街的心情，開始亂指揮路線。

「妳確定這裡可以左轉嗎？」老德先生問我。

「對呀，快轉，左邊！」老婆確定地說。

「妳看過地圖了嗎？」老德先生邊左轉邊問我。

「看地圖？沒有呀。」我聳聳肩。

「那我們轉去哪兒啦？」老德先生一看路況，根本不是我們要去的方向。

「妳怎麼說左轉？爲什麼？」老德先生快冒煙。

「我看大家都在轉嘛。」老婆回答。

老德先生拿過地圖又看了一遍。「確實只能左轉。要到台伯河的另一端那條路是單行道。」老德先生雖然覺得老婆沒幫忙，但那條路確實只能左轉。

按照最佳旅行二人組的互相了解，剛才這狀況算是扯平，接下來要重新開始找路。

兩人合作之後，要找的地點越來越接近，但居然有狀況發生了。

「哈哈！禁止進入，改道啦！」我指著市區的路牌叫起來。

「怎麼會這樣？」老德先生滿臉無奈。太多的遊客及朝聖者，市區爲了疏導交通，封閉了許多道路；其實也沒什麼好奇怪。

「這樣好耶！」我高興地說。老德先生聽了很茫然，他急著找路找不到，我卻說很好。

「現在地圖不管用的時候，我可以亂指揮了吧？來，我說方向你就跟喔！」老婆搞笑地說。

「好呀，妳只要能找到我們要去的地方，一切都聽妳的。」老德先生搖搖頭說。

經過自信滿滿的老婆的路線指揮加指導，我們的車竟然開進了人行步道區！老德先生一身冷汗！

「妳不要再鬧了，前面有警察。」老德先生很嚴肅地說。

「喂，快跟著前面那兩輛車！」老婆大手一揮，要老德去追也開進人行道的兩輛小飛雅特，警察似乎連看都不看那兩輛車一眼。

「一定是當地的居民；我們的車跟他們的一樣，跟上去，假裝是在地人。」我竟出了這種餿主意。

在這進退兩難的時刻，老德先生根本來不及反應，就跟著兩輛小車開進了人行道。站在「禁止進入」路標前的警察沒阻止我們。

「哈哈！」我很高興地拍起手來。

「高興什麼？開得進來得想辦法開出去！」老德先生已經快昏倒，而老婆居然那麼開心。

「太好玩了！開進了羅馬的人行徒步區耶！哇！好多行人喔！」我望著車窗外摩肩擦踵的行人。

「不行！」老德先生不再相信我，正想盡辦法要開出行人徒步區；如果此時警察出現，我們就準備吃一張漂亮的罰單吧！咦？左看右看竟找不到剛才那兩輛小車；我這才開始也有點緊張起來。

「試試看右轉！」我一緊張也就更亂。亂亂指揮法就更加發揮的淋漓盡致。

「哇!!」

老德先生和我同時叫起來；糟了！一轉彎，眼前竟出現了西班牙廣場（註：西班牙廣場【Piazza di Spagna】，羅馬最繁榮的中心區）呀！我們真的太大膽啦！竟然開到全羅馬最繁華忙碌的景點中心來啦！再往前開一點，就乾脆直接開上西班牙廣場坐滿遊客的階梯吧……

折騰半天，我們這搞笑旅行二人組才安然衝出人行徒步區重圍。

「眞刺激！差點開上西班牙廣場階梯耶！」我卻開始大笑。

老德先生雖然覺得是很難忘的經驗，但他說接下來幾天一定不會再跟從我亂指揮路線的指示。我覺得他說的很對，要是我是他，從一開始就會拒絕我的指示。

晚上的吃飯地點，我們決定由在地的計程車來載我們去就好了。

復活節到羅馬，重點就是要到梵蒂岡望星期日的復活節彌撒。每年總有成千上萬的信徒從世界各地湧入梵蒂岡，就爲聽到教宗對所有信徒用各國語言所說出的祝福。星期日早晨，要進入梵蒂岡最好的方式便是利用公共運輸系統。我們跟著許多信徒亦步亦趨地朝聖彼得廣場前進。警方封鎖了在聖彼得廣場兩邊的臂廊。所有人進出廣場都要經過電子探測門，再由警察檢查每個人的包包或隨身物品。

眞可愛喲！我進到廣場後，看到了許多羅馬市民帶狗狗來參加彌撒。各種的小狗、大狗，全都安安靜靜地在等彌撒開始哩！還有阿公阿嬤自帶小板凳來廣場，怕體力不足得坐著休息。年輕的朝聖者來自全世界各地，即使語言不通也很開心地用力交流。還有剛出生的嬰兒，很可愛的在嬰兒車中睡著了。即使有那麼多人擠滿了聖彼得廣場，卻很安靜。唉，世界能像此時的氣氛就好了……又可愛又祥和！

彌撒開始。我們是站在廣場的最邊緣，離主祭檀的距離很遙遠；而現場的大轉播螢幕彌補了距離的問題。老德先生很虔誠地在聽講道，我則很專心地在跟一隻很可愛的拉不拉多犬玩。

「喂！你看！」我敲敲老德的肩膀。

老德先生皺皺眉，雖然覺得很受打擾，但還是禁不住朝我指的方向望過去。

「嗯。」他回應了一聲，表示有看到我要他看的東西。

「爲什麼屋頂上那麼多人爬來爬去？」雖然我明知那是安全人員在聖彼得教

堂上保護教宗，但我還是一副大驚小怪的樣子。老德先生根本不理我，繼續聽道。（雖然教宗是講義大利文，聽不懂義大利文的信徒還是會很安靜的聽，不像我東張西望。）

我又敲敲老德先生的肩膀，「安全人員都穿西裝耶！」我又很小聲地知會老德先生。這眞是太好玩啦，我還以爲只有電影裡的龐德才穿西裝上天下海耶，原來梵蒂岡的安全人員也是，哇哈哈，眞是太有趣了！我也覺得他們很厲害，穿得那麼正式還可以在屋頂上爬來爬去，一定要很厲害的探員才可以有這種身手吧？

腦海中突然出現如果有狀況發生時，這些安全人會出現怎樣的矯健身手的畫面……

「噓！注意聽！」老德先生突然提醒我。我定耳一聽，原來是教宗開始用各國語言祝大家復活節快樂。我一直等他用中文說，終於等到了！雖然不是很字正腔圓，但也足以讓我快樂地用力鼓起掌來！我旁邊有一群從美國來的神父，看到我誇張的鼓掌模樣都笑了起來。老德先生搖搖頭，覺得我很無藥可救的樣子。

彌撒結束後，很多很多信眾要離開廣場。我們擠在人堆中也朝進廣場時的柵門走。

「出廣場還要走安全檢查門嗎？」我問老德先生。

「請妳遵守秩序。」老德先生說。我知道他不想被老婆像前一天一樣亂亂指揮。

「我又沒說什麼。我只是想，要出去的人那麼多又擠，警方何不把臂廊下的鐵圍欄搬開就疏散的快一點呀。」老婆根本就不想守規則的樣子。老德先生一聽就更規則的跟著朝鬧門的群眾走。一閃神，不專心走路的老婆就被人潮沖到另一個方向了。我心想也沒關係，反正出去都是能跟老德會合就樂得慢慢擠在人堆裡。老德先是一回頭找不見的老婆，驚慌地到處張望！我從人堆裡跟他揮揮手，他才安心地搖搖頭。

一直走在我前頭的一位修女，根本沒打算去鬧門的方向。她慢慢推開前方的人潮，朝鐵柵欄的方向走去。這可有趣了，我想，難道這位修女不想出廣場嗎？就當我還在猜她爲何不跟著人潮走時，只見修女靠近了鐵柵欄，一手扶住柵欄，另一隻手抓起她的修道服的裙襬，拉緊，一扭腰，嘿！單手支撐柵欄雙腳騰空一

躍……修女下一秒鐘已經在柵欄外了！只見修女跳出柵欄站定後，拍拍身上的灰，將修女服理理平，再扶扶頭上的頭巾，接著就走進了一棟修院中去了。哈哈哈！修女對於擠去正式的閘門出口根本沒興趣哩！走在她身後的我先是愣了一秒鐘，再看看身後也跟我一樣愣住的一堆陌生人，接下來的狀況就是：大家都開始跳柵欄！當我開始跳柵欄時，看到遠遠正在乖乖過閘門的老德先生，我還高興地跟他揮揮手咧！老德先生眼睜睜看見老婆在梵蒂岡做出了不守秩序的行爲……

「不是我先跳的，」我跟老德先生說，「是那個修女帶頭的。」我爲自己辯護。

老德先生嘆了一口氣。

「我覺得這沒有很嚴重啦！倒是覺得很感謝那位修女。」我笑著說。

「感謝？」老德先生眞的是完全不懂我在說什麼。

「對呀，」我很肯定地點點頭，「那位修女跳柵欄的動作讓大家都愣了兩秒，給了所有本來都想抄捷徑的人現出原形的機會也跟著跳；所以那位修女打破了大家的僞善外表，讓我們知道原來心底想的事都差不多，只是沒人帶頭做出來而已。」

「但妳可以決定要不要跟從呀！」老德先生試圖告訴老婆不要盲從。

「我沒有盲從呀，我是原來就想跳柵欄，只是找到了名正言順的機會嘛！而且，修女爲什麼不可以跳柵欄呢？就像安全人員爲什麼不能穿西裝爬屋頂呢？」我說了靠近自己心性的回答。

老德先生對於我的問題不予置評。可是誰又能回答這種搞笑問題呢？

當然，我們要常常感謝那些突然打破我們陳舊思考或觀點的人。只有常常去觀察舊的事情提出新的問題時，才會讓我們的思維進步。我們的思考要不停地成長也才會讓生活越來越有趣！讓我們一起練習吧。

有趣的生活練習題

一起出去旅行時，都是誰安排一切呢？你對想前往的地方，有收集足夠的資料，拿出來跟遊伴討論嗎？

你的答案：

旅行內容的安排，會分工合作嗎？你通常想分派到什麼工作呢？

你的答案：

旅行時，你想從事的活動跟一起旅行的遊伴有衝突時，你們如何協調呢？是用爭論的方式來爭取「誰該聽誰」的呢？還是先來表明誰該「做主」重要？或是先對事件本身找到解決方式重要呢？爭到主導權的人，要負責哪些事情呢？

你的答案：

祝每個人的旅行都很獨立思考又和遊伴相處的很愉快喲！

旅行前輩

我在二十歲前開始了自助旅行。我旅行過的地方不算少，雖然我總覺得還不夠多，能有機會在人生很年輕的時候開始旅行，是一件幸運的事。

一個人旅行很爽快：背著背包到處遊玩，增加了不少人生的見聞。當時也沒什麼牽腸掛肚的煩惱，盡情遊歷就是美好的事。等一下！你會因爲我這麼寫，就心想：「啊，她眞是一位旅行前輩呀！」如果你這麼認爲，我可能就要哭了。爲什麼？

先這麼說吧，如果我眞認爲有「旅行前輩」這種尊稱，我就一定不知道地球會轉，世界也會改變。那麼我就是一個呆子。你又爲何要稱呆子爲前輩呢？有一回，我就這麼不禮貌地噗嗤笑了出來，因爲一位剛認識的朋友，他很大聲地說：「請指教！在旅行方面，妳是前輩呢！」我毫無掩飾的大笑，讓這位先生大吃一驚！其實，我只是想說，旅行是不可能有前輩的啦。

現在講原因給你聽：

我曾旅行過的地方，有些現在有機會就再去了一次。除非是一些古老的建築還在之外，其餘全都改了面貌。就像歐洲的許多小城鎮，以前暫住過的民宿，現在有些都變成了大馬路用地或高樓，一些商店也都不見了。有些地方二十年前只能用雙腿走路才能抵達的青年旅館，如今則築了四通八達的電軌車，現在的我差一點連新式的車票販售機都不會用，而無法坐上車呢！再說當時吃過的好吃食物，如今再品嚐一遍，不知是自己變了，還是料理變了，腦海中的美味，就是跟眼前的食物搭不上線，這些改變都讓我喟嘆連連！腦袋清醒點兒的人，都不可能跟人連番吹噓什麼，「當時我旅行到哪裡時怎樣又怎樣；你根本不知道我去過多少地方呀……」這些不過是一些舊經驗串起來的廢話，因爲聽你說話的人，如果現在再去這些你去過的地方，他看到的東西一定跟你以前所看到的不一樣嘛。而且每雙眼睛所看的世界，會產生不同的感受，所以，我反而喜歡聽剛旅行回來的人分享旅行見聞，哪怕是我去過的地方，我都會好奇那個城市有著哪些改變？剛從某處旅行回到家的旅者看到的東西才是新穎的，才合乎旅行的潮流。這也才是我們不斷旅行、旅行不斷的精神呀！不肯承認旅行經驗是會老、會過時的旅行者最惹人厭，不停地說「當時……我曾經……」聽到時，我的哈欠就會悄悄地不請自來。

婆婆最喜歡聽我們的旅行故事。每次旅行回到家，她就會煮豐盛的晚餐，和我們一起邊吃邊述說所看到的人事物。同樣的，她外出旅行回到家，也喜歡講她在旅途上遇見的事，讓我們體會一些不同地方所體會的不同人生。誰在旅行中都不是前輩，因爲這世界沒有一秒鐘是一樣的。

老德先生是喜歡聽新旅行經的人，他最常跟我說的話就是：「妳還記得我們去的××處嗎？現在居然建起了什麼什麼……」或是「記得我們曾去過的××地方，很可惜的，現在失去了什麼什麼……」老德先生是一個喜歡跟著世界轉動的人，他不想也不願講述太多的舊旅行，因爲那些對後來的旅行者幫助眞的不大。

有一回，老德先生和我參加一個飯局。鄰座就坐了位可厭的德國先生。他對亞洲的概念很模糊，舊時的旅行經驗也是亂七八糟。他可能以爲亞洲還是跟他數十年前旅行過的地方一樣；不停地說著他的舊故事，即使故事已經陳舊的發黃，他還當新鮮的話題。最糟糕的是，他也不問問題，好像確定他知道的就是最正確的資訊。我一直點頭回應，而他卻不給任何機會聽聽我的意見。

「您可以不要再講了嗎？」老德先生對那位滔滔不絕的先生笑著說。聽到老德先生這麼說，我快笑出來。

那位德國先生愣了幾秒鐘，滿臉不解的樣子。「亞洲就是這樣的嘛！難道不是嗎？」看來他覺得受了冒犯。

「或許您去的那個時候是吧！但是現在已經很不相同了。」老德先生還是很客氣地說。我看到那位德國先生的臉上慢慢有了三條線。

「我剛才講的有哪些事是不對的嗎？」那位德國先生起氣來。我忍不住就笑了起來。也難怪這位德國先生會生氣，一個不知道世界會改變的人，大概會覺得自己講的都是對的，一時間被人指出了弱點，就像獅子踩到針一樣那麼火大。

「對不起，」我說，「你剛剛講的是台灣嗎？你說台北市的人『都』在喝井水嗎？小孩『都』赤腳上學嗎？」我問他。

「不是嗎？」那位德國先生詫異地回問。

「那可能真的與事實是有點距離。」我笑著說。對於不了解事實的人，你會生氣嗎？生氣會讓他更了解事實嗎？很難想像，如果今天聽他故事的人，剛好是位從未到過亞洲的德國人，一定會覺得這位「旅行前輩」講的故事是現今存在的事實吧！那麼，你還會認爲「旅行前輩」是個尊稱嗎？

可愛的德國女生米莉安到澳洲去旅行。回來後，講她的旅行故事給我們聽。即使是我們去過的地方，還是讓我們聽得津津有味！不是那些地方有啥特殊，而是透過一個德國女生的眼睛看見了我們或許忽略了的澳洲情調。

「眞氣人呀！」米莉安說，「我以前以爲這是個笑話，但是居然被我遇見！」她嘆口氣說。

「怎麼回事？」我一聽就開始等好玩的旅行故事。

「我在旅途上遇見一個帥帥的美國男孩，」她嬌羞地說。

「哇——！」我聽了叫起來。

「我們一起旅行幾天後，他問起我德國的生活。我就講了一些，還給他看我隨身帶著的家人的照片；你猜他怎麼說？」米莉安誇張地說。

「快說，不要賣關子！」我等不及。我以爲那男孩愛上她了呢！

「唉！不是妳想的那樣啦！」米莉安哈哈大笑起來。「我跟那男孩說我家住在森林裡，他看了我家的照片後才說，他很驚訝我家不是點油燈駕馬車！他以爲德國山區的人就像美國貴格教派那樣的人一樣生活：說古德文，點油燈，不照相！厚！」米莉安笑著搖頭說。

「哈哈哈！」我聽了笑到揉肚子。「是誰給他這種印象的呀？」我問。

「我問了他同樣的問題。他說他阿公是二次大戰時的美軍，曾在巴伐利亞山區住過。他阿公常跟他說德國山裡的生活，就和美國貴格教派的人一樣。害他一直到今天都是這麼認爲。」米莉安說完自己也笑倒。哇！那位阿公的旅行經驗，足足與現實差了六十年以上！

「我決定要傳一大堆德國的相關網路資料給他，請他唸給他阿公聽。」米莉安說。我喜歡這位小女生的態度，她用很公平祥和的氣度來交朋友。

你看，這也就是說，舊的旅行經驗，跟事實是有「時差」的，「旅行前輩」的意義又是什麼呢？可見旅行經驗得常更新才有效啦！

這種叫別人前輩前輩的習慣還是存在於我們的身邊。我確定旅行是不會有前輩的，因爲去看世界的改變和進步，正是我們要常常帶著新的眼睛和思維去旅行的理由之一。

有趣的生活思考

某個人在高談闊論他的旅行經驗時，你會好奇那是什麼時代的事嗎？還是會把那個人的觀點照單全收？你會去收集更多相關資料嗎？還是人家說什麼，你就信什麼呢？

你的答案：

你聽見與事實不符的事情時，會生氣嗎？你會心平氣和講述你的看法嗎？生氣和罵人，能幫助表達你的想法的程度是多少呢？

你的答案：

豬腳邏輯大會串

「什麼！老德先生不吃豬腳喔？」每個喜歡吃德國豬腳的朋友，一聽到老德先生從未吃過德國豬腳，大多會有這種驚訝的反應。

是德國人就一定要吃過豬腳嗎？或是，一個德國人可不可以不喜歡吃德國豬腳呢？嗯，這眞是邏輯思考哩！假設，「德國人一定會吃過德國豬腳，那麼，沒吃過德國豬腳的，就不是德國人嗎？」想一想，這種思考邏輯似乎不合理吧？但是，我們卻常常帶著這種邏輯在思考，眞是太奇怪了！記得我以前剛從學校畢業，在工作環境中認識了幾位美國來的朋友，我也是如此思考的喔。我常常會說，哇，「你們」美國人如何如何……可是，再想一想，幾位美國人可以代表人口將近三億的所有美國人嗎？當然不行啦！用這樣的邏輯看事情，只會讓自己看起來很笨又很好笑吧？

「喔！妳別叫我吃德國豬腳呀！」老德先生假裝快昏倒地說。

「爲什麼？爲什麼？爲什麼！」老婆叫了起來，「你是德國人就該吃一次德國豬腳！」我故意讓他痛苦一下。

「我可以告訴妳爲什麼我不吃德國豬腳。」老德先生決定回答我的問題，以免我要常拿德國豬腳騷擾他。我豎起耳朵，準備聽他與德國豬腳的故事，或許他被德國豬腳燙過或吃撐過？通常人討厭一種特定食物是因爲過往一回痛苦的經驗。

「因爲，好多肥肉呀，我很怕軟軟的肥肉呀！」老德先生用很痛苦的聲調說。

「哈哈哈！就是因爲不敢吃肥肉喔？」我聽了大笑。但是同時覺得老德先生的理由很正常。原來德國也有怕吃肥肉的人。怕吃肥肉，當然會怕帶著厚厚肥油，又用深燙火油炸過的豬腳呀！炸過的豬腳顏色深，或許看起來還沒那麼油晃晃的，若是那用蒸煮處理的沾芥末醬吃的德國豬腳，那才厲害，盤子一動，肥肉就會跟著晃來晃去哩！這種德國豬腳更是會要老德先生的命……

「唉！該怎麼跟喜歡吃德國豬腳的朋友解釋這兒沒有賣德國豬腳呢？」我發愁地說。有些第一次來德國拜訪的朋友，幾乎都會想嚐嚐這種所謂的德國食物。

「有賣呀！」老德先生說，「有些啤酒屋或餐廳會聲明：星期幾他們會殺豬，那之後都可以吃到；只是妳要跟朋友解釋德國有很多聯邦州，並不是每一個聯邦州的人都吃豬腳。」沒錯，沒錯，德國還有很多不同的食物也不難吃，請不要再以偏概全地認爲德國人「都」吃豬腳喲！

說到這種「以偏概全」的邏輯思考，是存在於很多人的思考中的喔。有一回，公公和我走在街上，身旁有一位德國人經常看到我們，就小聲地對他的朋友說：「你看，又是一對德國老先生娶泰國老婆。」說完還跟我笑著點點頭。我聽了哈哈大笑！我眞感謝他的滑稽猜測！因爲這位德國人講的話眞的是「以偏概全」的最佳代表！如果細細分析，便大概知道這位德國人的生活圈可能看過幾對這樣的異國聯姻，以至於他認定所有這樣一起走在街上的陌生人都是這樣的模式。所以，我們把剛才說過的不合理的邏輯思考這樣換換看，會變成：

「是德國人一定吃過德國豬腳，那麼，沒吃過德國豬腳的，就不是德國人。」套進這位德國人的邏輯中，他的思考便產生了如此的謬誤：

「泰國女子都會嫁給上了年紀的德國人，那麼，我眼前這位東方女子和這位老先生就是同樣的情形。」

用邏輯謬誤看世界的人，不管他是哪一國人，都只是一位思想貧乏的人。思想貧乏的人很容易就把所有事都混在一起說，也就是思考的亂透過嘴巴說出來就會又亂又不清楚啦。另外，我要提醒大家一件事：在歐洲確實有許多泰國婦女因爲想到歐洲生活，而嫁給老邁的德國人的例子；但我也看過如此結合卻十分相互扶持的夫妻，我覺得是很美麗的事情。這樣想的話，再對照那位德國人的話，你就明白他的思考有多狹隘了吧？

還有另一次的經驗是老德先生跟我到上海旅行。

我們出發前，有朋友警告我們說上海人很小氣。老德先生問我，這是指所有的上海人嗎？朋友的提醒可能是一樁邏輯謬誤。況且，我們是去旅行，又不是去借錢，應該不需要有這種擔心吧。話說，我們來到上海，幾天後我們決定要坐坐浦東上班族往來搭的渡船。渡船的價格比另一個碼頭的遊客渡輪便宜許多，還有空調設備的渡船十幾分鐘就有一班。

「糟了！根本沒零錢可買票呢！」老德先拿出紙鈔，真的沒銅板可以買投幣機的渡輪票。勤快的老德先生說他看見碼頭樓上有換錢的地方，他去試試看找零錢。我一個人在票口徘徊等他回來，看見一對上班族男女走過來，就試著跟他們換零錢，以免老德先生待會兒沒找到零錢又得等下一班渡輪。

「不用換了，我替妳買票吧！」女生說。

「啊！不行，妳沒必要替我出錢的。我們是兩個人，妳沒必要出的。」我急忙說。腦海閃過「上海人很小氣」的警告，然而卻跟眼前的景象不符。

「沒問題，這船票並不貴。」女生又很客氣地說。她居然已經買了兩張票塞到我手裡。

這時老德先生換錢回來了，卻發現沒零錢的老婆手裡握著兩張票。咦？老德先生一臉問號。我趕緊跟老德先生介紹了剛幫我們買票的陌生人。原來這對男女是同事，在一家上海的貿易公司做對歐洲進出口的生意，早上上班都得乘渡輪。他們覺得這種幫忙根本不算什麼，他們也曾到外地出差，受過陌生人的幫助，所以算是回饋吧！這個在上海遇到的搭渡輪溫馨經驗，讓我更學會要小心不能用「一竿子打翻一船人」的觀點看事情。

看過了以上幾個故事，你再把「德國人就應該吃過德國豬腳」的想法整理一遍。老德先生沒吃過德國豬腳，還會不會那麼奇怪呢？或許我會改口說：「德國豬腳是德國某些區域的美食；並不是全德國人都喜歡吃德國豬腳。」我也會練習說：「上海有些人很會精打細算；有些人很樂於助人。」下次如果有外國人對著你說：「中國人都吃狗肉」的時候，你會如何回答？

還有一回，我們旅行到了日本，老德先生看見鮮美的炸魷魚圈就點了一盤大快朵頤起來。一位日本人就用很詫異的眼光看著老德先生。這讓老德先生很不自然地轉過頭問我是否他臉上有黏到魷魚或什麼的，因爲他不明白爲什麼那位日本人如此驚訝？經過詢問，那位日本朋友表示，據他所知，德國年輕人是不吃魷魚的，所以他看到老德先生吃炸魷魚圈覺得非常怪異。當老德先生知道了日本朋友的驚訝原因後，就又開始快樂地繼續吃炸魷魚圈。因爲他認爲這個誤解中的主角是「德國年輕人」，他並不是那麼年輕，所以應該可以吃魷魚。經老德先生這麼一說，日本朋友和我們都哈哈大笑起來！

至於爲什麼會有這個德國年輕人不吃魷魚的誤傳，可能是在中世紀時，歐洲人對於會噴出墨汁的章魚感到恐懼的關係吧？但這也是在海洋動物學未完全發展之前的舊事了。炸魷魚圈的故事提醒我隨時補充新資訊，對於思考的開闊也會有幫助喔！說到這兒，我怎麼想起了好吃的章魚燒和黑色墨魚汁麵的滋味呢……

有趣的思考小練習

我常聽到：旅行時，你犯了一個很糗的錯，就說自己是日本人吧！這樣才不會丟同胞的臉。

你的想法：

不吃起司的人，一定不是法國人；吃起司的人，一定是法國人。

你的想法：

咖啡巴士遊

「咖啡巴士遊」？聽來眞浪漫喲！眞有這種巴士旅行嗎？坐著巴士，喝著咖啡去旅行，哇！好棒哩！當然有這種巴士遊。地點就在德國呢！你一定很想參加吧？等一下！你可別立即傻傻地陷入粉紅色的浪漫光環中，這巴士可不是你想的那樣羅曼蒂克喔，這種「咖啡巴士遊」在德國很多知情人士聽來，可一點都不羅曼蒂克，而是很膽戰心驚哩！嗯，這到底是怎麼一回事呢？

好了，事情是這樣的。近幾年來，台灣詐騙事件頻傳，不管手機或電話，人在歐洲或台灣，都會接到怪怪的訊息。這些訊息不外乎是要騙錢。用不同的餌，釣你的錢。

台灣的詐騙有利用假裝綁架你家小孩或親人爲幌子，讓身爲家人父母者心驚膽顫，快快匯錢了事。當然，有些父母匯了錢發現小孩家人平安無事，這才破涕爲笑。也有各種千奇百怪的方法，引起了人的貪念或佔小便宜的心理，被騙的人就乖乖地將辛苦所得奉送給詐騙者。

「德國都不會有這種事吧？」朋友很羨慕的問。

「爲什麼你會這麼認爲？」我反問。

「因爲德國好像是很法治的國家，所以一定沒有詐騙這種事吧？」朋友的簡單推論把德國人都說得不像是活著的人。

「唉喲，只要人活著，貪念和佔小便宜的心理就會存在；有貪念的地方，就可以讓另一個也有貪念的人有機可乘呀！」我說。

「眞的嗎？妳遇過嗎？」朋友好奇的問。

「電話詐騙不少；我常接到的就是說我中了大現金獎，要我先匯給他們多少錢才能領獎之類的。」我說。

「哇！這可是老伎倆了呀！」朋友叫了起來。

「是呀，這種疲勞轟炸的電話有時眞讓我啼笑皆非。」我搖搖頭說。

「妳都會怎麼處理？」好奇的朋友繼續問。

「說沒興趣，掛斷。多囉嗦，多麻煩。」我據實以告。我不會去跟電話那一頭的人比厲害，因爲對方的動機一開始就是錯的，我爲什麼要浪費可貴的時間呢？

「哇！我中頭獎囉！」我接到一疊廣告郵件。信上印著收信人中了現金頭獎。

「妳會相信種東西？」老德先生搖搖頭，覺得笨老婆眞的是典型貪小便宜的家庭主婦。

「喂，免費吃喝玩樂哩！還可領現金，還眞想去參加看看！」我眼睛發亮，閱讀著那些中獎通知單。「到美麗的瑞士湖畔用餐，享受湖畔的溫暖豔陽；下午在舒適的森林山莊喝咖啡，吃蛋糕……哇，免錢耶！我該來跟通知的公司連絡一下！」我故意用非常嚮往的聲調說。

「妳還眞想參加一次『咖啡巴士遊』嗎？」只見老德先生快昏倒了。

「咖啡巴士遊？」我愛旅行，但還沒參加過這種有趣的咖啡巴士哩！「聽起來不錯！」我興奮地說。

不過，等我眞正明白什麼是「咖啡巴士遊」之後，害我心情跌落谷底！

原來，「咖啡巴士遊」是最歷久不衰的強迫式行銷手段。這種巴士遊通常是一天之內就結束，根本沒有旅遊內容，實際情形就是要強迫推銷產品給參加旅遊的人。操作手法便是：人們會接到由某公司寄來的中獎通知。通知書上載明你獲得免費到某風景名勝一日遊，還包含午餐外加下午茶。不知情的人都會喜孜孜的參加，到了目的地時，才知道是一大堆郵購商品的說明會。一邊喝咖啡一邊聽推銷。現場販賣的東西價格超出市價許多，有些人在購買後回到家才發現。但是因爲都是出於自願購買，所以不能說這些公司是「騙」你的錢。這時再後悔也是呼天不理叫地不靈啦。更別說去找巴士遊公司討公道。

「唉！害我白高興了幾秒鐘！」我生氣地把所有中獎通知書全扔進了垃圾桶。

「無緣無故就可白吃白喝加旅遊，眞有這麼好的事喲！」老德先生搖搖頭。

幾天後，我在電視報導中，眞的看到德國電視新聞記者喬裝爲是相信自己中獎的顧客，參加了「咖啡巴士遊」的旅行。記者將全部行程用隱藏攝影機拍了下來。看了報導，慶幸自己沒去參加，因爲：所謂的名勝是距名勝還有好幾十公里遠的小鄉村，免費午餐是乾麵包加氣泡水。美麗的森林山莊是跟當地農產合作社租來的體育館禮堂。下午茶則是簡單的咖啡和幾塊蛋糕，外加整個體育館要推銷給你的商品。大家一邊喝咖啡一邊聽主持人用麥克風介紹各項商品的特性。哇！眞讓我大開眼界！可是也有人不認爲自己被騙，覺得能打發一天的時光也不錯。這些人多數是德國孤單的老人家，能出去走走，買項簡單的小產品就能和一堆人快樂地消磨一下午，也算是很愉快的事。但是，森林小山莊的想像和體育館會不會差太多呀？我講給老德先生聽的時候，哈哈哈！快要笑岔氣。

「我以爲『咖啡巴士遊』最不道德之處，是欺騙孤獨無依的老人；要這些社會中最需要精神支撐的老人，將每月僅有的微薄退休金拿來購買被強迫推銷的產品，以致生活陷入不可知的困境，這是我們想要保護這些老年人和遏止『咖啡巴士遊』的最主要原因。」一位致力於和德國警方合作，義務幫忙查緝「咖啡巴士遊」的工程師，在他的部落格這麼寫道。他結合了許多義務出力的律師和義工，幫助老年的受害者，要讓更多老人免於被「咖啡巴士」騙去積蓄。這種類似防範犯罪的義工團體，在德國為數眾多，他們奉獻心力只是要對社會上不公平的現象，展現他們感同身受的良心。

「什麼！這太不道德啦！」德國朋友聽到台灣有用這種假裝綁人小孩的詐騙伎倆的故事時，驚訝的眼睛快掉出來。

「唉呀，習慣就好啦！」我笑他大驚小怪。

「這可不行！太可惡了！對不道德的事情習慣，本身也很不道德！」朋友很嚴肅的說。

我聽了趕緊立正站好。或許朋友說的沒錯，他對良知的反思，可能就是德國為什麼有一大堆法律條文的原因吧？唉！我不禁對朋友突然地搞嚴肅的精神，又尊敬又羨慕了起來……

有趣的思考小練習

德國是非常法治的國家，所以居住在德國就任何事都不用擔心。這假設正確嗎？

你的回答：

我不會被詐騙集團騙；我居住的地方有人被騙了，與我無關，大家自己小心就好了。這樣的想法，對自己居住的環境，有多少幫助？

你的想法：

天體混合湯

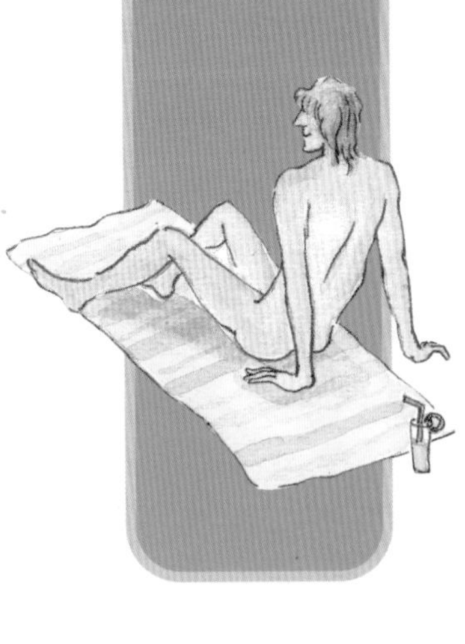

旅行到了日本，老德先生和我要去泡湯。

歐洲人對浴場、海灘這種地方，都覺得是讓身體自由與自然接觸的最佳場合。一到夏天，大家恨不得快去戲水，順便把身上的衣服剝個精光，讓整個冬天無法曝露的身體，好好得到舒展，跟美麗的夏陽來點肌膚之親。可是歐洲人的想法，可不見得全球適用；來到亞洲，請入境隨俗。想到這兒，我挺擔心老德先生男湯女湯亂亂走。

「喂喂喂！你可不要亂走呀！」老婆在公共浴場怕老德先生會走錯湯池，一直提醒他。

「哇！還好妳叫住我！」老德先生紅著臉說。哈哈！原來他不認識漢字，看不懂寫著「男」「女」的布簾，還好我雞婆歇斯底里地叫住他，不然他大搖大擺走進女湯池浴場，可能會引起一陣女泡湯客的尖叫，讓我們在風雅的溫泉鄉留名。

「日本爲什麼沒有男女共湯呀？」老德先生有點不解地說。

「你不要用歐洲人的想法來想日本湯，好嗎？」老婆翻翻白眼說。

我可以了解老德先生爲什麼會這樣問。其實，我第一次到歐洲旅行時，也被這兒的女生嚇到過。只要到了海灘或游泳池，女生曬太陽曬的高興了，就會有裸露著上身曬到爽的「陸斯特」（德文【興致】的諧音）喔！雖然一旁的我很尷尬，可是卻沒半個人對裸露身體的女生有興趣。現在的我，當然也是見怪不怪啦！最好笑的事情是，在歐洲有很多較老式的青年旅館，浴室是男女共用的，而且只有隔間卻沒有浴簾！這讓當時的我大爲緊張！總要等到很晚了，浴室人少了，才敢去洗澡。有一回，當我逮到機會在青年旅館一個人享用公共浴室時，竟進來一個赤條條的大帥哥，他很客氣地走來跟我借洗髮精！眞的害我差點昏倒！

「喔，哪有那麼大驚小怪？」老德先生認爲這種事不足掛齒，「妳這樣會被笑。」老德先生聳聳肩說。

「哈哈！眞是文化不同，想的也不一樣。」我笑著說。

「要不要去看看FKK呀？」老德先生問。

「FKK？」我頭上冒出一串問號。我知道LKK，而FKK是？……

原來，FKK就是**Freikörperkultur**，德文「裸體文化」的縮寫。早在十九世紀，德國的畫家邀請裸體模特兒進到畫室給畫家素描寫生之後，公然裸體就被賦予了一種文藝氣息。越來越多人認爲解放文明的束縛，讓身體裸露與自然接觸，是一種很好的洗滌身心的方式。因爲立論思考純正，裸露就毫不帶有色情的意味。一九〇五年，有位叫做**Paul Zimmermann**的先生，開始了第一個FKK營地，歡迎所有對自然裸體有認同的朋友一起在山湖邊裸體曬太陽游泳。一九〇六年，當反對聲浪高漲並打擊FKK營時，他們提出了強烈的反擊，說：「不能正視裸體的人，也同時不敢聽見眞理。」

看了上面的解釋，你可能比較明白為什麼歐洲人可以那麼坦然地面對「眞理」了吧？

「哇！是男女混合湯耶！」一位去到德國巴登巴登溫泉區泡湯的台灣朋友這麼對我說。

「你千里迢迢去那邊就爲了泡男女混合湯喔？」我快被大驚小怪的朋友笑昏。

「我還特地帶了眼鏡進去看，可是，沒想到鏡片上全是霧氣，結果還是看不到啦！」朋友搞笑地說。

「你想看裸女，你沒想到你自己也是光溜溜的呀？怎麼就不怕別人看？」我故意笑他。

「太緊張了嘛！一下忘了自己也沒穿衣服，呵呵，跟一堆男男女女一起泡湯，哈哈，虧我們兩個扭扭捏捏地很害羞，但好像沒人要看我們哩！」朋友跟他老婆邊說邊快笑倒。

唉呀！在德國誰會花時間去對你沒穿衣服感到緊張兮兮呢？別忘了他們在這

Sarah

方面已經「解放」了一百多年啦！

還有從台灣來旅行的小女生，大多會對沒浴簾又沒分男女的青年旅館很有意見。還有一個女生跟我說她因為這樣，而三天不敢洗澡呢！哈哈哈，我聽了想起以前自助旅行時的心情，完全能感同身受。同樣地，來到歐洲，也請入境隨俗吧！（當然心理上要克服這種文化差異還是不容易喔！）

我家附近的FKK營，有一堆光著身子在游泳，享受著美麗夏陽的人們。一眼望去，大人小孩，男女老少，全都光溜溜的，但他們看起來很自然也很自若。我覺得氣氛十分平和，也沒有絲毫色情的感受。我喜歡這樣成熟對待身體的態度。FKK營也歡迎各界人士加入會員；但這一百多年的活動似乎已經沒有那麼吸引人，目前面臨召不到會員的窘境。我想，日換星移，歐洲人早已對自己的身體不再遮遮掩掩，當然就也不需要去參加FKK營才能赤裸裸的享受陽光了吧！裸露身體已經是最平常的個人自由了。如果你家鄰居穿著比基尼在做日光浴，也別忘了溫和地跟他打聲招呼喔。

來到日本，歐洲的ＦＫＫ文化概念在公共浴池可不適用。於是，老德先生和我泡完湯，總要相約在溫泉館門口見面。再繼續連袂一起去不同的溫泉，泡不同礦泉水的湯。

「跟一堆男人靠那麼近一起泡湯，很怪呢！」老德先生笑著說。我聽了大笑，把溫泉區的收票先生嚇了一跳。我倒也忘了日本女生好像比我溫柔一點，不會笑得那麼大聲。

「喂，我請妳入境隨俗，不要笑得那麼沒氣質！」老德先生回敬我一句。喔，對。笑得太大聲，又那麼沒氣質，不管是在德國男女混合湯或日本男女分開湯，都不會是太受歡迎的事。

老德先生和我在這一點上，倒是毫無歧見。

有趣的生活思考

我要照我的方式認定文化差異，不管到全世界都一樣。入境隨俗根本不必要。

你的想法：

杭州火車傘

老德先生和我，在炎熱的六月天，來到中國杭州旅行。我們是從上海出發，搭火車在附近幾個好玩的城市亂走亂逛。老德先生玩得很開心，但是對搭火車卻很擔心。擔心什麼？也沒什麼，因爲他從沒看過那麼多人要單次單回一起搭火車，總覺得我們會被人潮擠昏後，又從入口被推出來，接著就沒法搭上火車。

一有這種想法時，思考就掉入了「連帶效應的謬誤」，這謬誤就是這樣：「如果不怎麼樣做，一定會引來怎樣的結果。」演繹現在老德先生的擔心，就變成：「如果不早點到火車站排隊，我們一定會搭不上火車。」

「唉喲，還有一個半小時才會開始售票呢！」我跟在疾步快走的老德先生後頭，朝火車站的方向跑。

「今天是星期五，往上海的火車一定很擠；我們又還沒買票，所以說不可掉以輕心。早到早買票早安心。」老德先生堅定地回答。我一聽到老德先生說德文「安心」這兩個字，就知道他一定很擔心，他一講要安心，就不可能有別的方法可以說服他不擔心。

好吧，我也不能亂建議他不用早到買車票，因爲我根本也搞不清楚買票坐車和火車站的狀況，現在最好的戰略就是點頭如搗蒜，跟他一個步調比較好。

我們來到車站大廳，哇——！都是人，而且是很多很多人。轉了半天，才找到往上海方面的售票口。我本想歇歇腳坐著休息一下，但老德先生二話不說，立即開始排隊。

「哇，你眞有點緊張兮兮哩！」我開始抱怨。

「妳看前面那個人。」老德先生指指前頭一個老外。

「他怎樣？跟我們一樣在排隊呀。」我完全不瞭老德先生要說什麼。

「他說德文。他剛才在用手機打電話，一直對著電話猛叫，」老德先生很認眞地跟我說，他突然低下聲調：「他一直跟電話裡的對方說，『現在排隊，去上海，不知道買不買得到票。我盡力。已經排在前面了。』」老德先生很有危機意識地偷聽了同胞打電話。

「喔，原來是聽見德文喔。」我恍然大悟。我朝隊伍前方那個德國人看過去，那位先生西裝筆挺，汗流浹背。手裡提著個有德國公司名稱的袋子；大約是來到中國做生意的歐洲人。我看那個德國人跟老德先生一樣緊張兮兮，可能他已經在中國一段時間了，所以似乎對車站狀況挺熟的，如果這個外國人那麼急著排隊，肯定老德先生的推理不會太離譜……就在我還在亂想時，突然聽見老德先生對我大叫：「快！快跑去那邊！」還沒會過意來，跑去哪邊呀？我們不是好好在排隊嗎？可是，本來的隊伍竟散開朝火車站另一個售票口跑過去。這、這、這到底是怎麼回事呀？我再看剛才那個西裝筆挺的德國人則一馬當先，跑到另一邊離售票窗口最近的位置。老德先生完全以他的那位同胞的動作爲準則，也跟著跑過去新排的隊伍。喂，這太扯了啦！究竟是怎麼回事？

原來，那位德國生意人聽得懂中文，前面有人叫著說：「往上海方面的售票窗口改到××號去了。」他一聽到就趕緊換位置，老德先生也不遑多讓，決不能因跑得慢而買不到票喲！

唉呀呀，這到底是怎樣？怎麼老德先生比我還更快適應中國火車站裡的買票文化哩！

長長人龍似的隊伍重新剛排定，售票口就有位工作人員出來了，他拿著一「紙盒」車票走到一張木桌前坐下，說：「買票吧？去上海的……」他還沒說完只見隊伍急速往前擠，那個說德文的生意人一個箭步，已經買到一張票。老德先生也身手矯健的擠進去買票兼找錢，不到幾秒，笑嘻嘻地手拿著兩張車票從人堆中擠出來。我則還在納悶，那個售票員爲什麼不開窗口賣車票，卻跑出來賣票呀？

「買到票了！」老德先生像完成什麼任務似地說。

「幸虧有你，我一個人可能已經被擠回杭州市中心了！」我兩眼發暈地說。

我呼了一口氣，想歇一歇轉轉神。

「快！」老德先生牽住我，要我加快腳步去月台等車。

「喂喂，我們不是有車票了嗎？還需要那麼緊張喲？」我抗議地說。

「妳不會看人潮流量嗎？」老德先生說。

「看什麼？」我完全不懂。

「這麼大的人群移動，還有那麼多班車要共用月台；當然要早點去擠到前面，這樣才好上火車呀！」老德先生還是很擔心搭不上火車。

我再看看老德先生的那位德國同胞，居然也是在前頭快步疾行。

「還有另一個德國人跟你想的一樣耶，在算人潮流量。」我嘲笑老德先生。

老德先生沒時間跟老婆說明白，還是快去月台。哇！一到月台，真的是人山人海！我們又開始排隊等著上火車。

剪了票，進到月台。火車來了，根本被人潮一擠，差點找不到我們該上的車廂。害我急得快哭出來。

「商孩？商孩？」老德先生指著車廂問人是不是去上海的車。上海變商孩，還是有人聽得懂，看來老德先生自助旅行功力很讚。

「快上這節車廂吧！」老德先生在火車快啓動前對我說。對呀，對呀，上去了再慢慢找車廂。只要這車是去上海的就行了。

呼——！終於鬆了一口氣。走了好多節車廂，找到了我們的座位，老德先生很放鬆地坐了下來。我的位置則在他對面。車廂全是人，站票很多，走道全給站滿了。大家似乎都很滿意可以擠上這班車。我開始欣賞車窗外的風景。

「這樣不行吧？」老德先生突然對我指指他的頭髮說。

「你頭髮怎麼那麼亂呀？」我問他。可能是剛才跑太急給撥亂了？我想。

「冷氣孔壞了。」老德先生可愛地指指他頭頂正上方的冷氣孔，直直灌下來的冷氣好像正在他頭上刮著小龍捲風。

「不能調方向嗎？」我問。冷氣口不是都有葉片可以轉開或闔上嗎？再一看，那供轉闔調風向的葉片已經不見了，只有個黑黑的大風口直灌強風下來。我一看，忍不住大笑！旁邊的乘客都轉頭很驚訝地看著我，他們可能覺得我這人怎麼毫無同情心呀？老德先生那麼可憐地被頭頂灌風，我沒幫忙，居然還大笑哩！唉呀，我只是覺得老德先生的樣子很可愛嘛！

咳咳，我清清喉嚨，說，「怎麼辦？」我忍住笑問老德先生。

老德先生看看四周根本沒換座位的可能，於是很心平氣和地說，「這樣吹到上海，頭頂會結冰。」他說出了令我爆笑的句子。我忍不住大笑！老德先生這時也笑著拿起他的背包，開始找東西。咦？他要找什麼呢？他好像沒有帽子吧？我還沒想出來他要怎麼對抗壞掉的冷氣時，老德先生從背包拿出我們在上海路邊買的十元人民幣折傘，不疾不忙地撐開……這次所有的乘客更驚訝了！怎麼這個老外在火車裡打傘呢？哈哈哈，我這時卻被老德先生在火車裡撐傘的樣子給笑翻過去啦。

「這位同志，你是什麼想法呀？」一位女列車長突然出現，問老德先生。

「冷氣孔壞了。」我代老德先生回答。

「火車上沖熱水服務要開始了，這樣會妨礙到別的乘客。待我去看看還有哪節車廂比較空，你們換到那兒去吧！」女列車長很嚴肅地說。

我看看四周，大家都把自備的方便麵，茶葉準備好了，在等火車上的沖熱水服務呢。老德先生撐著傘，確實會礙到鄰座的乘客吃麵。

「好的，謝謝！」我向女列車長道謝。

沒幾分鐘，女列車長給我們找到了一節加掛的車廂，沒乘客哩！眞不錯。

火車到上海時，正下著大雨。十元人民幣折傘可眞不錯，可擋壞掉的冷氣又可遮雨。無論如何，老德先生在杭州火車裡打傘的故事，讓我們現在一講起來還是會笑到嘴痠。

有趣的生活小問題

如果你是老德先生，坐在這種冷氣孔壞掉的位置，你會用什麼方法來擋冷氣呢？

你的方法：

（還能盡量好笑一點嗎？哈哈！）

帽子兔的人生

我本來根本沒注意過自己居住的地方，還有這種歐洲傳統舞台秀場。什麼秀？就是從一頂黑色的高禮帽中，變出一隻白色小兔子的秀。

這樣的秀場，在許多老電影中都有描寫過：

光鮮亮麗的舞台，有唱歌跳舞的演員，穿著誇張亮麗，戴著大雞毛披肩和頭套，鞋子上都鑲著水鑽。觀眾則是男著燕尾服，女穿露背長晚宴服，一邊吃著精緻大餐，一邊欣賞頭上俊美的空中飛人的表演。這是歐洲人半世紀以來最受高尚名流喜歡的秀場娛樂。現場吹打大樂隊的樂聲一揚起，總能把人引進了虛幻的極樂世界……

歐洲老電影中，對秀場藝人的辛酸，總有很細膩深刻的描寫。不論你有沒有當場看過這樣的秀，總能體會秀場藝人的辛苦，古今中外，演藝人員的後台生活，總給喜歡光鮮亮麗的人，帶來一些省思。

當我被邀請去看傳統舞台秀場的秀時，我非常高興，竟不相信目前還有這樣的秀場存在。

「哇，眞是太好玩了！眞的像古時候的歐洲舞台秀場哩！」我讀著秀場劇院的解說小冊子。

「老戲院是這兒還有法國人時建的，保存到現在。」老德先生說：「保存的很辛苦，畢竟這樣的秀場已經沒落了。」

「咦？那這種秀有那種『帽子兔』喔？」我根本沒聽見老德先生說劇院的興衰，只對腦海中浮出的影像有興趣。

「『帽子兔』？」老德先生一下無法會意。

「唉呀，就是魔術師會從高禮帽中變出一隻小兔子的橋段嘛！」我急著說。

「喔，嗯，那種小孩子喜歡的秀？應該會有吧。去看了才知道。」老德先生覺得老婆有點孩子氣。

啊，如果有的話就太棒了！我開始等待去看秀的日子。

法式的老劇院，裡頭的裝潢像是用紅絨布整個兒包住了。大小的水晶吊燈灑下一地七彩碎光。秀場劇照也都用金框表了掛起來，裡頭的俊男美女主角兒們，腳上的鞋眞的都鑲著亮晶晶的鑽石哩！

「啊！在這兒！」我叫了起來。我看見一張照片，眞的就是我想像中的「帽子兔」：一個穿著黑燕尾服的白臉紅唇黑眼圈的默劇演員，從他的高禮帽中拿出一隻可愛的小白兔。

「哈哈，眞的有呢！」老德先生也笑了起來。

我看看老劇院，眞的有點陳舊。聞到這種專業秀場的傳統表演，在歐洲日漸沒落的味道。除非是在歐洲大城市等旅客較多的地方，還尚存這種大型秀場表演，較小規模的舞台秀場，註定要慢慢消失。有很多這兒的居民盡力幫助劇院的

延續，想幫忙秀場演出人員的生計，因爲劇團的演員們，常常爲這一區的孩子們做免費慈善演出，給很多孩童帶來快樂的時光。但這種秀的內容已經不符合大眾的胃口，不管大家再如何努力，老劇院的觀眾還是依然一日少於一日。

演出開場了。我們觀眾的座位則是一張張小圓餐桌。餐桌上有盞小白罩燈，全場燈光暗掉之後，一盞盞小圓燈閃在整個觀眾席。觀眾當然不是像古時候那樣穿著晚宴服，不過也穿得挺愼重。秀一開始，也跟著上菜了。先上的是海鮮沙拉，邊吃著前菜，台上也開始了熱鬧的演出。

「『帽子兔』什麼時候出來呀？」我問老德先生。

「妳不是有節目單嗎？」老德先生正專心在聽女伶唱歌。

「我看了呀。是在『空中飛人』節目之後。」我說。

老德先生看看我，「既然知道了還問。」老德先生快受不了老婆的孩子氣；只有等不及的小孩才會耍這種明知故問的伎倆吧？

特嘞特嘞特嘞特嘞特嘞……鼓手開始擊出了空中飛人開始表演的節奏。

「喂，他要從我們頭上飛過去耶！」老婆抬頭看空中飛人的架子，是架在觀眾席上方。這可讓我緊張地吃不下飯了。表演空中飛人的演員爬上了鋼架。唰——唰——表演者在兩個擺盪的鞦韆上飛過來又飛過去。觀眾的表情都有點擔心他會掉到自己的餐桌上。

我覺得那位表演者有幾次差點抓不到另一個鞦韆哩！眞緊張！再看看那位表演者的年齡有點年長了，雖然身材還是保持的很壯碩，但是總覺得表演得有些吃力。我突然覺得這樣的秀場眞的是後繼無人，也開始可以體會他們的辛苦。即使是如此的困難，他們依然會快樂地去做慈善表演，付出對社會的關懷，眞是很令人敬佩。對於想幫助他們的居民，也覺得很溫馨。

「嘿！」空中飛人從鋼架上跳落地面，對觀眾一鞠躬。全場報以熱烈的掌聲！

「耶——！」老婆看見默劇演員上場了，興奮地叫了起來。

整場表演的主角就是一個默劇演員，一朵花，和一隻從高禮帽中裡變出來的小白兔。演員的表演功力很好，逗得觀眾呵呵大笑。尤其當他從帽子中拿出兔子時，我差點站起來拍手啦！哈哈哈！眞是太可愛了！接著兔子不見了，帽子裡只剩一朵花。默劇演員急著到處找兔子，甚至找到台下來了。突然從一個觀眾的桌子下發現一個小箱子，而兔子就在裡頭哩！演員緊湊的表演是整場演出最好看的秀，當然這是我的感覺；我終於看到傳統的帽子兔的表演。眞是幸福極了！

然而我們並不知道，這是秀場最後的一場表演。

法式老劇院在不久後就改成了一個新式的電影院。我看見帽子兔默劇演員，在小鎮街頭當起街頭藝人。有時他表演累了，會靠在我常去買麵包的麵包店柱子前抽紙菸。或許，他還沒準備好離開秀場劇院的日子吧？過一陣子我想問他，他的帽子兔到底是從哪裡變出來的呀？他可愛的帽子兔現在在哪兒呢？

「妳可能沒機會問了。」老德先生打電話跟我說。

當我人在台灣時，默劇演員過世了。報紙上登出消息，老德先生隔著電話，唸給我聽那位先生的生平：這位先生從年輕時就對表演十分心醉。在巴黎攻讀表演時，曾隨許多名師學習默劇。在他演出生涯中，曾到許多地方做慈善演出，是小孩子們的開心果。即使劇院結束後，他還是依然對慈善表演付出心力。當地人對他十分感謝。過世時，才不過五十多歲。

我雖不認識這位先生，但我很榮幸可以看到他的表演和知道他的生平。我從他對慈善的態度，看到一個人可以如何用自己最喜愛的所學貢獻社會的美好。這種貢獻，是超越一切物質所能限制的富有。謝謝你，默劇先生，你的行善精神會在看過你表演的孩子們心中，永遠有著閃亮的舞台。

有趣的生活小思考

我很窮，做善事是有錢人的事。做善事就是滿足有需求者物質上的貧窮。所以，我有理由對做善事沒興趣。

你的想法：

只要我長大

有些朋友剛來到德國，對德國小孩和父母間的對話都會感到有些不適應。別說別人了，我剛開始除了不適應，還覺得這些父母跟孩子間的對話在我們成長的經驗中可能會被說是「大逆不道」「不懂看大人臉色」「沒大沒小」。不過，這些指責，在歐洲不論你說破了嘴，也不會有人明白你要爭取的是什麼？

舉例來說吧，我第一次到德國人家裡吃飯的時候，是跟一個大家族一起享用晚餐。席上有幾個孩子，這些小客人邊吃著飯邊給女主人的手藝打分數。

「我給這道前菜四分。」六歲的孩子說。

「喔？這是高分還是低分呢？」女主人很有興味地問小孩。

「滿分是五分呀。」小孩可愛地回答。

「哇！這我可高興了！我得了不低的分數哩！」女主人快樂地說。席間客人也被這場對話給逗笑了。一旁的我，心想，這種小孩在台灣，有可能早被父母喝斥到惦惦沒聲音，哪還會給他這麼不禮貌的機會去評論請客女主人的手藝？我們常見到的是大人喜歡給主人打分數，說得頭頭是道，主人也會因爲這些評論是大人說的而感到比較眞實。

「眞的跟我成長的環境相反哩！」我跟老德先生說。

「小孩說話的神情和思考那麼單純可愛，爲什麼不可以讓他們說話呢？」老德先生完全不懂。

「對呀！他還會打分數呢！眞是太好玩了。」我笑著說。

「如果你請客，來了個成年客人，不懂禮貌，像個小孩似地到處給主人打分數，下次可能會被主人列爲禁止往來戶吧？」老德先生說。

說的也是，這可眞是兩個很不同的文化思考。想想看這兩個不同文化環境中長大的孩子，會有怎樣的區別呢？我猜最大的不同是：台灣的小孩子會希望趕快長大，好說出自己想說的話；而童語是未經訓練的思考，不能滿足孩子成長後的話語需求。所以，德國的孩子或許會希望長大後，講話可以和大人一樣理性得體。你大概會猜，我是想告訴你德國的教育方式比較好吧？當然不是呀，如果文化可以那麼化整爲零，那麼怎麼還會有誤會和戰爭呢？就是因爲這不同的複雜性，才讓我們更應張開耳朵和眼睛去探視這個多彩多姿的世界呀！

我們只照剛才我舉的例子分析：一個成熟的成人，會因爲孩子單純的童語而被觸犯嗎？如果會，這位成人可能不是那麼有自信。如果成人很快樂地回應孩子，可能會收到更多有趣的童語吧？再來，小孩並不知道太多的詞彙，他只能用自己知道的方式來講出他想說出的讚美或憎惡，他很盡力地說出了自己的看法，成人就該對這份努力喝采加珍惜。如果孩童在溝通中感到溫暖的鼓勵，他會樂意繼續嘗試用更多方法來表達自己。這在我們的文化中，則是比較缺乏的一環。「小孩子懂什

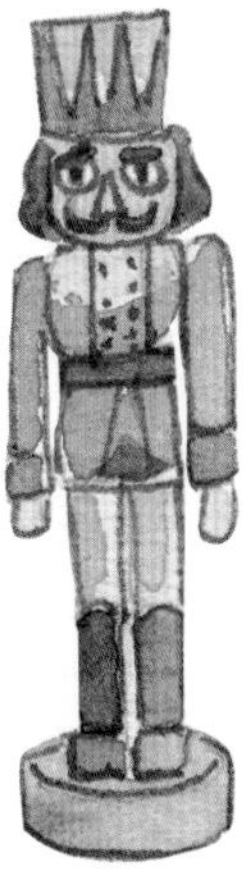

麼！」是我們很普遍對童語意見的回答。我每次聽到這一句都會想大笑，因爲小孩怎麼可能會懂什麼嘛！那些只是單純未經訓練說出的話語呀。如果孩子講的是沒觸犯人的話，父母頂多就說小孩不懂，最好閉口別再講。如果小孩講出了不得體冒犯大人的話，父母就說童言無忌呀！所以，小孩說話也不對，說了也不好，孩子只好希望快快長大可以說個夠。

歐洲孩子說話的時候，成人喜歡把那些可愛的話語像捧金蘋果般地捧在手心裡。我見過一些成人與孩子對話時是那麼溫柔，更絞盡腦汁來回答孩子的童言童語，深怕這彈指即逝的童語時光，馬上在成長中的孩子身上消失了。說的也是，歐洲孩子到了十來歲，說出的話就和孩童大爲不同，因爲心智成熟的大人就得懂得自制，成爲懂得和人溝通討論的半成人。青少年不會再對成人對他孩提時的童語包容有興趣，因爲他已經長大啦！在這樣文化中成長的孩子多半會比較理性，他一路學習成熟的方式選擇該講的，適合他講的；他學會隱藏幼稚的話語，因爲，他已經是跨越童稚來到成人世界的人。這帶來的結果是：歐洲成人重視講話的理性邏輯，但會有點無趣，有時聽來更帶點冷漠。

「眞的是這樣嗎？」一位常有機會跟德國人一起工作的朋友聽了我的分析後這麼問。

「你遇見怎樣的溝通問題？」我問。文化溝通是很難的，如果沒有對該環境有些觀察，想理解所呈現的問題會有困難。

「我有機會常跟一位德國工程師工作，最痛苦的事是，好像他說什麼你就得聽什麼似的。」朋友搔搔頭說。

「他說什麼你都照做囉？你痛苦是因爲都沒有提問嗎？」我問。

「感覺上，他很權威，心理覺得很有疑問還是照做了。」朋友一臉委屈地說。

「完全不對呀！如果你覺得有疑問，應該回問他爲何這麼做？如果你沒疑問，就該照做。」我說出了我的看法。

「我有疑問呀，可是，我怕問了會傷感情。」朋友變成一副怕被父母斥責的小孩的模樣。

「你是在跟他一起工作，不是談戀愛，害怕傷什麼感情呢？眞正厲害的工程師應該喜歡跟人討論有根據的問題。」我說。

「眞的是這樣嗎？」朋友很驚訝地說。他決定下回試試看將他工作上不懂或有疑問的地方，立即整理成討論的問題問那位工作夥伴。沒想到，結果出奇的好！德國工程師還說很高興跟朋友學到一些事呢！當然，德國工程師出國工作，也要融入當地的文化，融入文化當然不是敢吃臭豆腐就夠了，了解當地人溝通的方

式與不能跨越的瓶頸，是最該做的功課喲。可見不同文化環境成長的人，對事情表達的方式那麼地不同，即使是小小的工作上的狀況，也是全球經濟的一個大課題呢！

「不懂的事情當然就要問呀！」老德先生聽了朋友的例子後說。

「對呀！像我就常常問你一堆問題。」我摀著嘴笑起來。

「對呀，妳什麼不相干的事都可以問。有點八卦。」老德先生搖搖頭說。

說的也是，我還眞八卦。當我聽到鄰居的八卦就會推論外加探討眞僞，還會到處追問八卦結果如何？在路上看到一棵不知名的樹，就用相機照下來到處問人樹名。看到報上討論的好笑話題，就會問老德先生的感想。其實，我感覺公婆有點怕媳婦，因爲媳婦永遠有很多亂七八糟的問題要問。但好笑的是，我的問題他們倒是有問必答。有時，我都忘掉的問題，家人還會在找到答案後立即告訴我。哇，眞佩服！不過，現在他們會回問我，讓我有點膽戰心驚，所以隨時要補充些新知，免得問題答案供需不平衡。

當然啦，不用說，我永遠不會變成德國成人，因爲我是台灣成長的小孩；即使長大了，依然在問很多小時候沒問完的問題；老德先生是已經忘記了如何說童語的大人，每天窮於應付我問的各種怪異問題。哈哈，看來不同文化還是可以溝通哩！對我這個在不同文化環境生活的人而言，眞是個有趣的大發現。

有趣的工作小思考

跟西方人一起工作，我有些事不懂。我想問了也沒用，就算了吧。我也不想要求他來了解我在想什麼。

你的想法：

吃頓飯吧

朋友到中國做生意，回到德國臉變圓了。

「哇，你變胖了！」我叫了起來。在家吃的清淡，注意養生和身材的朋友，怎麼容許自己變胖？我開始偷笑。

「我從一下飛機就開始在吃飯。不同的餐廳，不同的餐點，甚至一天吃上好幾頓大餐都有可能！」朋友大叫著說。

「不能拒絕嗎？」我問。唉，我明白要喜歡努力工作的人，把時間花在吃飯上眞是件殘忍的事。

「要是能拒絕就好了，連吃大餐幾星期哩！似乎不參加飯局，你就無法見到想見的人，但見到想見的人，又要吃飯而不能好好聊想討論的事。」他一臉無奈的樣子。我想，這位德國人根本還不能適應中國人的熱情吧？

另一個德國朋友對我說，他感到最不理解的事情是在亞洲，一吃飯，就來了很多生意上相關的「重要人物」；要開會討論一個案件時，卻來了很多意見不少但多半無關宏旨的幹部，討論了半天卻沒人能下定論！所有結果，依然要去請教那些也有來吃飯卻沒來開會的人才行。這到底是怎麼回事呢？老闆都只覺得吃飯重要嗎？

「還沒好好把公司的事情執行完畢，我已經跟所有當地的同事都吃過飯了哩！眞不敢相信！」朋友一臉問號地說。

「要我就好好享受那些美食！」我故意說。

「那可沒辦法，吃到最後腦筋都亂掉了。只好常常避開吃飯時間逃走，免得又變胖又沒把工作做好。」責任心很重的朋友笑著說。

看到這兒，或許你會想，這個不識抬舉的老德，請吃飯是給你面子耶！還不吃呢！（說的也是，有好吃的，我一定先跑去而忘了工作！）可話說回來，在德國，有種場景是很平常但你一定不相信的，就是：兩個一起共事幾十年的同事，有天在街上遇見了，會說：

「你家住在這邊呀？」

「是呀，沒想到我們住的不遠呢！」

「有空到我家喝杯咖啡吧！我太太你還沒見過吧？」

「好的。謝謝你邀請我。但我今年的時間有點緊，或許等明年春天，我們再約。」

「喔，沒問題，除了復活節前後是我要和太太一起回南部的娘家外，春天是很理想的。那麼，就明年春天來喝咖啡吧。」

喂，喂，這兩個人同事很久了喔，又住得近，喝個咖啡還要用季節來算時間，你不要太驚訝，這是眞的喔！所以，當朋友說出：「我已經跟所有中國當地的同事都吃過飯了哩！眞不敢相信！」這樣的話時，並不是他不喜歡他的同事，而是德國人普遍與同事交往的態度就是如此。爲什麼會這樣呢？是因爲「三隱」，就是：隱私，隱私，隱私。下班後，不想見到你的德國人，並不是有隱疾或想對你隱藏什麼，因爲在工作時間內已經跟同事對看了一天，下班後就是個人的休息時間，下班後的時間對德國人來說是很可貴的。這種文化差異，讓很多初到德國工作的亞洲人很難理解，心頭都會因此產生一股隱忍的悶氣不能抒發，覺得德國人超冷漠！（當然，也有例外，不過一般情況都是很理性和禮貌的居多。）

其實，歐洲人吃的很簡單。即使是家財萬貫者也不可能餐餐大魚大肉。吃，對歐洲人來說是有規範的，也就是說，在什麼樣的場合、時間就安排什麼來吃。工作時，爲了求效率、省時間，一定吃的很簡單。晚上回到家，就吃點自己喜愛的食物，通常是起司、麵條或罐頭食品。有人一天只吃一餐熱食，或是等到週末吃點好的犒賞自己。過節日或生日派對，就會盡心安排美麗的餐會（廣告時間：這部分的故事請你看《四季花杯盤》），特別的宴客招待一定有籌劃安排的程序和時間，隆重的態度讓宴請不可能天天舉行。所以，在德國是沒有人會天天吃滿桌佳餚，那會讓人想到童話中腦滿腸肥，食指、拇指總是油膩膩的笨國王。

「哈哈哈，眞是不會享受人生。」我笑著說。我想到美美又熱騰騰的飯菜，食指大動。說來說去，即使是文化差異，美食當前還是要多加珍惜，嘿嘿……

「對家庭主婦來說，若天天不用煮飯，倒是很不錯。」老德先生一下就猜中了我的心事。「但是總要給身體休息的時間，吃那麼多東西塞進身體，會給身體太多負擔了。」老德先生還蠻注意健康的哩！好吧，那晚餐就是一人半個比薩餅，這樣就健康了吧？老德先生欣然同意，還幫忙準備烤餅的材料哩！哈哈，老德先生這部分的德國性格還眞不錯，不會太麻煩我這懶惰的家庭主婦。

到底還有誰被這種不停被請吃飯的文化差異煩惱呢？德國知名的建築師施佩爾（Albert Speer，他同名的爸爸曾是希特勒的御用建築師），到中國上海建造了德國小鎭——安亭新鎭（這個新造的上海德國小鎭距離上海一級方程式賽車場很近，是目前上海最高級的別墅區）。他在「安亭新鎭」峻工時，到工地做最後的檢視。德國電視台隨他前往中國採訪報導，施佩爾與一群人不停地走來走去，看看這造鎭的工程到底完成的如何？指揮著這邊要改善什麼，那邊要改善什麼？建

築師很專心於自己的工作。無奈旁邊有一位中國籍的祕書小姐，一直在提省施佩爾什麼事。只見施佩爾將手中原本搭在肩上的西裝外套無奈地甩一甩，說：「我請你們將所有飯局都取消，我的工作還沒做完，我不要在工作時還要擔心吃飯。請你了解，我是來工作的。」

哈哈哈！可憐的蓋世建築師施佩爾，終於說出了喜歡工作的德國人的內心話。我猜從開工到峻工，施佩爾一定在中國吃了不少頓美味的大餐了吧？不過，在這時刻若要他去吃大餐，他可能在精神和胃腸上都要消化不良。

到底是吃飯重要，還是工作重要呢？唉唉唉，對愛吃的家庭主婦來說真是難以抉擇的事喲！

工作思考小問題

為了答謝德國工程師的幫忙，我們要請他吃飯，他執意不肯，說只想把工作做完再說。他真的很拗耶！而我到德國時，德國同事只和我吃過一次飯，超冷漠的。

你的看法：

測試未來的遊戲

我在莉娜房間的門上，讀到這張公告：

「這是私人生活空間，請勿隨意進入。要進入前，請檢查是否所有電子產品皆已關閉。包括：錄影機，錄音機。不要拍照。請勿翻動房內任何物件。最重要的是：非請勿入！」

「莉娜怎麼啦？」我讀完後，問莉娜的媽媽。莉娜是我德國朋友的女兒，還在唸中學，在學校功課很頂尖，在家是個很講道理又合作的好女兒。

「哈哈！看起來好像她在跟誰鬧脾氣，對吧？」朋友笑了起來。

「沒錯，是不是你們偷看她的情書呀？」我問。

「不是啦，這是我們家最近在玩的一個遊戲。」朋友一副賣關子的樣子。

「說來聽聽是啥遊戲，好像很有意思。」我的好奇心又跑出來啦。

「莉娜最近拿不定主意，她上大學該修哪個方向的課，所以她提出這個意見要我們幫忙。」朋友開始解釋。可是，你可能跟我差不多，感覺根本聽了解釋跟沒聽一樣，讀哪一科要在房門上寫這種公告呢？而且選主修科系還可以全家幫忙練習？真的是沒聽說過這種事哩！

「好啦，這要從頭講起，」莉娜媽媽繼續說出原因，「莉娜的數理很棒，她很想唸物理；可她又對新聞採訪很有興趣，覺得人生可以經由採訪報導很多人事物而學到不同的東西。我們在這方面毫無意見，只要她喜歡的都可以。但問題來了，她知道數理方面是做研究，也能想像差不多的學習過程；而新聞採訪，她就不知道該怎麼去開始體會。」朋友很有條理的說。

「喔！現在我了解了，你們要陪她玩一場模擬的採訪遊戲？幫她體會一下？」我恍然大悟地說。原來是一場全家動員的測試未來的好玩遊戲哩！

「沒錯，莉娜的爸爸很喜歡這個主意，自己也去收集了一些新聞採訪相關學術訊息，開始兩人互相採訪。」朋友溫柔地說。

「聽起來好有趣！可是這公告看起來挺不友善的，是否她不喜歡被採訪？」我問。

「不是。莉娜很有系統地分出幾種不同的記者採訪路線和方式，比如說，有政治經濟方面的採訪，爸爸就得扮演成她想採訪的官員，她會事先收集很多資料，接著和爸爸約時間採訪。爸爸也沒閒著，要準備莉娜提出來的問題，如果她的問題爸爸答不出來，莉娜就會寫一篇報導來修理莉娜爸。」莉娜媽邊說邊笑。

「哇！還沒當記者就那麼專業啦？」我驚訝地說。

「是呀，有一回，爸爸故意刁難莉娜，說她沒把那個採訪內容準備好就來訪問，就很堅決地拒絕受訪，這讓莉娜氣哭了哩！莉娜爸看了好自責喲！」莉娜媽心疼地說。

「莉娜爸也太認真了吧？哈哈！」我說。可見莉娜有學到爸爸的工作要求，很嚴謹喔。

「對呀，有時我們會暗暗偷笑莉娜的認真，覺得她真可愛，又太投入，可是再想想，這樣才是一個專業記者的正確態度呀！」莉娜媽很可愛地說。

「說的也是，這樣看來，我想莉娜眞的很有當記者的條件。」我不禁對小女孩的態度和思考讚賞起來。

「文學方面，就是我要當受訪者囉！」莉娜媽說。在大學主修文學方面的莉娜媽應付莉娜的訪問應該沒問題吧？

「莉娜眞的很棒，把那位我要扮演的作家的資料和書研究得很透徹，擬出的問題很有趣，如果我是那位作者，接受這樣的記者採訪一定會感覺到很快樂！」莉娜媽很滿足地說。

「哈哈，看來你們的寶貝莉娜眞的要在數理或新聞這兩個選擇間拔河！唉呀呀，對小女生眞是一項考驗。」我笑著說。

「可是，別急，遊戲還沒完呀，」莉娜媽很搞笑地說，「別忘了，還有『畫報』（Bild Zeitung，德國發行量最大的八卦報，專刊狗仔拍到的照片或聳人聽聞的小道消息）這種記者呀！只需要畫面，半調子資訊，不用求證，加上聳動標題就行啦，莉娜只要看『畫報』，就會覺得要先把邏輯丟進垃圾桶。」莉娜媽邊說邊笑。

「哇，連『畫報』的方式也要體會一下，實在夠好笑了！原來全家互扮狗仔糾察隊哩！哈哈哈！」我笑著說。這才明白莉娜房間門上的公告的意思。我越聽越覺得莉娜小小年紀，就懂得運用邏輯思考，眞的很厲害呀！讓我這愛講八卦的家庭主婦突然變得很渺小哩！

「因爲要在自訂的截稿日前，莉娜和爸爸要互相抓一則狗仔新聞出來，還要包含照片，所以八卦小報的戰況挺激烈的哩！」朋友邊說邊搖頭。

「希望莉娜會贏！」我開始替小女生加油。

「這幾天，家中所有人都疑神疑鬼的，因爲每個人都可以請莉娜弟當消息提供者。不過莉娜弟說八卦報提供消息都會有費用，所以，爸爸贏的可能性比較大。」莉娜媽說。

莉娜媽一說完，我們同時爆笑成一堆！

這種家庭遊戲聽起來很好笑吧？可是我卻覺得很過癮！因爲我看見一個小女孩爲自己人生決定而自主的選擇行動，認認眞眞地請求父母的幫助，而父母也很支持地加入了她的遊戲。雖說是遊戲，卻帶動這個家庭彼此互助成長，不管是在溝通上和學習上，都是很積極的。不管莉娜以後是朝哪個方向發展，還是眞的成爲一個記者，她的學習態度都會給她的人生帶來很多美麗的動力。

「妳書中說過的事，請妳現在不要說喔。」女記者對我說。新書發表時，出版社安排了台北的一些媒體訪問。我面對這位手裡拿著小錄音機的記者，覺得自己的回答讓她不是很滿意。

「妳就一直講，我錄音回去再寫。不要講書裡寫過的，因爲出版社會給我書，等我讀了就能寫。妳現在講的事，書裡沒有比較好。」女記者一邊講一邊按下錄音機。

我很驚訝原來這位女記者沒有讀過我的新書，也不知道我寫了什麼，就大搖大擺出來採訪了耶！甚至，還要作者自己篩選獨家內容講給她錄音，好讓她寫稿。這種態度，眞讓我一下子不知道該說什麼才好了。我看那位女記者那麼認眞地又開始錄音，一副很期待我講什麼的模樣，雖然我對她的專業很質疑也很想笑，可是我還是很努力地試試看能不能講到她想寫的東西；哇，這眞是超滑稽的挑戰呀。

「妳這樣講不太清楚喔，」女記者聽了一下又按下停止錄音鍵，推推鼻樑上的眼鏡，接著說，「妳如果能像某某女星那樣，說：『我去巴黎，眞的是去學做菜，連一個ＬＶ都沒買耶！』這樣很快就能吸引閱報人的注意。要簡潔有力才有話題。」女記者很好心地教我在台灣想上報的生存之道。

我當然沒有照做，不是不願意，而是女記者要出國趕著去機場，沒有時間再聽我一直沒重點的回答。

我不是在指責這位女記者，她這麼說一定是在幫助我，絕對的好心好意。但她或許沒機會像莉娜一樣曾認眞考慮過她想選擇的職業，以至於現在她對自己的工作和別人的工作都有點心不在焉的樣子。或許這也是我的錯，沒有體會清楚，原來接受她的採訪，需要自問自答，還要替她下標題。哇！這樣當記者可眞方便喲！但是，我同時也想起了可愛的莉娜，這位認眞的中學生，她未來一定不會用這種隨便的態度來面對自己所選擇的任何一個職業。

有趣的生活小思考

名人和記者寫的報導一定都是真的，因為都已經在報上登出來了呀！有一定的可信度；至於正不正確，就不是讀者的事了。（提醒你喔：資訊，假設，真偽，推論，和事實，並不是同一件事喔。如果我說：「紅色的蘋果，都是酸的；綠色的蘋果，都很甜。」你相信嗎？如果不相信，理由又是什麼呢？）

你的回答：

巧克力情書

海德堡「學生之吻」咖啡店，終於在一個寒冷的冬日午後，結束了她一百多年來的浪漫，走入歷史。當天上午，海德堡大學學生會的代表們，穿上傳統的學生會禮服，戴禮帽，披上傳統學生會肩帶和勳章，著長靴，出現在吻咖向吻咖的老闆娘克努索太太致意。他們非常感謝克努索家族自一八六三年以來爲學生所做的貢獻。克努索太太含蓄感動地接受了隆重的獻花，並向學生代表們致謝，而很多學生都刻意穿上禮服，到吻咖來喝最一杯最純正的吻咖學生之吻咖啡。那場面眞是溫馨到動人的地步呀！

我當天正在現場，看到這樣的場景，快要忍不住掉下不捨之淚！這家手工點心巧克力店，可以在一百多年間，征服了德國海德堡大學那麼多的聰明學生和教授……不是用學術理論，而是用一顆柔軟溫柔的浪漫之心；眞是一件不容易的事呀！而當天，從海內外送到吻咖的禮物和人們擠進吻咖的不捨與拜訪，都讓我覺得克努索家族所稟持的經營哲學，是歐洲人最深的優良傳統。克努索咖啡店在一百多年間爲海德堡學生所做的貢獻，眞是一頁動人的詩篇！這其中包括：長期贊助當地文化表演，場地永遠爲海德堡學生會開放等等，都讓當地人津津樂道。還有每年夏夜，在海德堡古堡所演出的浪漫愛情劇「學生王子」，一直在克努索家族的贊助項目之內。而這些行動，不是一朝一夕的短暫操作，而是持續了三代之久！這可就是所謂的「永續經營」？而最難的事是，歐洲的文化贊助行動，需要有深厚的財力和不求報酬的恆久毅力才有可能達成，克努索家族對文化的傳承付出，義無反顧。

自從我的第一本生活書《海德堡之吻》出版後，意外地讓大家開始知道了海德堡的吻咖店，很多人都在造訪海德堡時特地來體驗過克努索太太的溫柔。她溫和的微笑和美麗的目光注視，都顯出克努索家族的文化氣質！誰說做生意一定要精明外露，唾唾逼人才會成功？我收到很多讀者的來信，他們對克努索太太的溫柔敦厚都很難忘。

有位讀者給我的信，如此寫著：

「我們到達時，巧克力店已經打烊了；聽說德國人不會在營業時間之後再開門接納客人。而在溫度快要凍僵耳朵的冬夜，克努索太太竟快速地開了門讓我們進去，即使已經是吻巧打烊後半小時了……看著當時店外落著的皚皚白雪，謝謝克努索太太給了旅行者最需要的溫暖……」

有一封超可愛：

「華娟，不知該怎麼說。該說是謝謝『學生之吻』。我到法蘭克福出差時，特地雇計程車直奔海德堡買吻巧。我用吻巧求婚，成功了。現在我們有一個可愛的baby，我們很快樂！謝囉！」

另有一位寫著：

「如果說是妳寫了《海德堡之吻》，而帶我來到吻巧克力店，還不如說是我從妳的書中知道了這訊息，而找到我一直想尋覓的感覺。『學生之吻』現在已經是我的了，因爲我已經將我的心遺忘在海德堡的吻咖了……」

以上這些感覺，不知道在這一百多年來重複又重複了多少次？但我確定這些溫暖的感動卻是不曾間斷過。所以說，最厲害的還是當初看出少男少女心事的克努索阿公啦，他可以讓一項產品帶來那麼多的說服力，而且不會因時間而有任何消減。這功力，可不就是目前很多台灣企業想要擁有的歐式原創精神嗎？歐洲人到底爲什麼可以那麼有原創的動力，而擄獲人心也是毫無界限的呢？或許我們可以來問問克努索太太，讓她給我們上一堂如何有企業原創精神的課吧？或許不開吻咖之後，只保留一個小吻巧店的克努索太太會比較清閒沒事做，有時間教我她家的經商祕訣耶。但我發現，克努索太太完全不懂我所想知道的什麼俗氣的經營哲學，她只懂得美麗的人生哲學！

「我看到這個就想到了妳。」克努索太太對我說。她的眼神可愛得像個小女孩。手裡拿著一個黑色的長盒子。我們坐在新開張的吻咖店聊天。吻咖店售出了經營權，由另一個財團接手繼續經營，還增加了美食餐廳的部分，所以她終於有空檔可以跟我談天說地。

「這是什麼？」我接過她給我的盒子。

「很可愛喲！」她快樂地說。

我打開盒子，哇！是一支紅色的義大利玻璃蘸水筆，一顆吻巧，還有……一瓶什麼東西呀？

「可愛吧？是一瓶有巧克力香味的墨汁呀！」克努索太太很快樂地說。

「這、這、這……未免太浪漫了吧？」我叫了起來。

「對呀！妳打開聞聞看，是海德堡老墨水廠做的手工墨水，結合義大利的吹玻璃蘸水筆，加入巧克力香，寫出來的字就會有巧克力香味，好好玩喲！」克努索太太說著話的同時，眼神超美麗的。

我打開貼有「學生之吻」接吻圖案的墨汁瓶聞一聞，眞的是純苦巧克力的味

Love

道耶！如果用這樣的墨汁來寫情書，眞的會很浪漫、很浪漫。這太神奇了吧？怎麼會有那麼美麗的創意構想？我眞想知道哩！

「構想？沒有呀，我去到手工墨汁店，聞到各種香味的墨汁，還有橘子香的手工墨汁哩！妳知道在歐洲歷史上有名的紅酒墨水嗎？古老的歐洲人用紅酒當墨汁，寫出來的字一定很讓人陶醉吧！我想，巧克力香的墨汁一定好玩，所以，請這家也是百年老店的墨水店幫我們做巧克力墨水。」克努索太太邊說邊微笑。

哇！我一看手工墨汁製造者，可不得了！原來是海德堡最古老的鋼筆、精緻紙品和手工墨水的有名老店：Knoblauch Pen&Paper。這家店跟德國另外的筆具生產製造商都很有淵源，像Mont Blanc和Lamy，都在這家老店舉行過展覽，也跟他們合作並使用這家紙筆店的歐式傳統手工鋼筆墨水。我覺得這個超精緻的吻巧墨汁，眞是一個精緻的禮物。克努索太太只是做了老店的手工墨汁和她家的老店手工巧克力精彩浪漫的結合，而發行了「吻巧墨汁」禮盒；這就是動人的創意，而且，是商業上最厲害的獨一無二產品，無人可取代的商品創意。可是，克努索太太對這些一無所知，她的內心世界遠比這些商業理論要寬廣。這正是許多創意人每日在尋找的靈感來源。

啊，原來了解自己內心最深處的柔軟感覺，就是克努索太太的經營哲學。深層的文化素養是人類共同的基本語言。文化素養並非只建築在有形的教育文化上，文化素養是人類心靈上與生俱來的基本能力，只要善加引導，任誰都能發現這美好的心靈世界。而商品的創意，也要往人心的善良深處尋找，才有可能獨一無二且歷久彌新。我想，這是克努索阿公傳承給克努索太太的遺產中，除了那些豐富的歷史古蹟房地產和成功的事業之外，最重要的精神資產吧？

正如克努索太太說的，這吻巧玻璃蘸水筆和吻巧墨水，眞的是讓我心醉神迷，她眞是善讀人心的可愛朋友。我也從這幾樣小東西中，看到了海德堡兩家百年老店的浪漫，眞心，和原創精神。當然，更感受到他們心靈素養的語言，是創意眞正的來源。

謝謝妳，克努索太太，妳讓「用巧克力寫一封『巧克力情書』給自己心愛的人」變成可以成眞的夢境。

有趣的思考小問題

設計產品，不需要有什麼想法。看看市場上需要什麼，照著做好了。或許參考一些別人的想法也不錯，不需要獨創性。創意能賺錢就行，不必太在意設計者內心的世界。

你的看法：

禮貌和禮物

生活上的小事是很重要的大事，怎麼說呢？有些事我覺得不必小題大做，另有些事，我又覺得處理得太詳細是不需要的。但若是兩種不同文化交會在一起，看法和做法不同，就容易產生不協調，這時就需要很多的生活練習才能漸漸習慣和學得處理的技巧。就拿答謝這件事來說吧，便和我成長環境的看法和做法非常不同。先來舉個例子吧：

「妳已經跟阿姨道謝了嗎？」婆婆問我。

「道謝？」媳婦一臉問號。我與婆婆說的那位家族中的阿姨已經有一整年沒見到面了，有什麼事需要道謝呢？這眞讓我不明白呢！

「她不是從西班牙小島上寄明信片問候大家嗎？你們沒有謝謝她？」婆婆好奇地回問。

喔，原來是因爲這張來自西班牙的明信片呀！那位阿姨是喜歡旅行的人，常在旅途中分享她的見聞，十分有趣。但我一時並未想到要爲她寄明信片的舉動道謝。原來，這在部分歐洲人的禮貌上，是十分重要的一環。即使這讓地球另一端來的我很難了解，但是爲了入境隨俗，就不得不了解這些回應動作的重要性。

「是呀，我一下子太忙了，都忘了這件事。」老德先生說。我向老德先生說我們該向阿姨道謝的事時，他立即做了這樣的回應。當老德先生打電話跟阿姨道謝時，阿姨眞的很高興！嗯，看來多禮的德國人，很喜歡用這種相處的態度互相對待哩！也就是說，他們重視的並不是物質上的來往，而是精神上的禮貌交流。

「這樣很累耶！接到明信片就要道謝。」我對老德先生說。

「妳覺得有禮貌是壞事？」老德先生回問。

「太多禮也很怪呀。」老婆抗議地說。我的想法，跟德國人完全不同。

「妳不是說過中國人說『禮多人不怪』嗎？」老德先生根本不懂老婆究竟是

怎樣區分禮多或禮少。

「禮物多，我當然不會怪你呀！有禮物很好喲。」我高興地說。老德跟我說的禮物完全不是同一個思考空間的事，難怪沒法溝通。

現在你可能了解了吧？德國人所謂的多禮，是人與人相處的態度，有來有往的回應，而不是只專注於實質上的禮物。這樣說起來，你還是很難理解嗎？好，再來舉個例子：

我家很小，愛亂買書看的家庭主婦害怕被各種書與雜誌佔去不少居住空間，於是，我開始按照鄰居朋友的個性，分享不同種類的雜誌：有朋友免費送我的雜誌，有我訂的某些期刊，有歐洲各國的流行雜誌……擬好各種雜誌適合的贈送對象，每個月我就按照名單將雜誌分享出去。

「謝謝妳在信箱放了雜誌。」鄰居太太打電話來道謝。

「不客氣呀。那是我婆婆家的鄰居送婆婆的雜誌。因爲那位鄰居先生就在該雜誌上班，所以得到多出來的當期雜誌就會送給我們看。」我說。在德國要送人東西，最好要說明來由，讓得到你所饋贈之物的人明白你的動機。這也是禮貌。

「嗯，了解了。非常感謝。」鄰居客氣地說。我聽了，就明白她願意接受這種分享雜誌的舉動。如果她不想跟妳分享這舉動，她也會明白說出來，不會隱藏她的看法。她的直接反應，也是一種禮貌。如果對方表明了不願意接受，我也要客氣地回應說知道了，並尊重對方的回覆。當然，我並不需要爲她的禮貌回應而感到心存芥蒂。這在德國是極爲平常的應對哩！寫到這兒，我想到德國文豪歌德在《歌德對話錄》（作者Johann Peter Eckermann是歌德的得意門生，由他所紀錄的他與歌德對話的日記形式的一本書）中表示，歐洲人太過溫文儒雅又太有禮貌，失去了某些人性中自然的部分。於是，這讓歌德眞想做一次南洋諸島上的居民，享受一次人生毫無虛僞造做的自然心性的一段內心話。哈哈哈，了解了吧！連歌德都沒法忍受的有禮貌，佩服了吧？

「什麼？他收到他向妳請託的東西，卻沒有回應道謝？」一位朋友驚訝地說。有位德國醫生對中國的拔罐產生興趣，請託我帶一套這樣的民俗醫療器材給他，但他收到後卻沒有回應，也未道謝。這讓介紹我們認識的朋友感到很窘。

「沒關係啦！我是寬大又不求回報的人。」我故意說。這當然是希望化解眼前這位火大的德國朋友的尷尬。

「沒想到他的智力商數不差，但禮貌商數竟然是零！」朋友無法釋懷似地說。那位德國醫生的行爲雖讓我的朋友十分沒面子，但我的朋友也不可能去指責他的朋友，因爲這不禮貌的行爲，是那位醫生的決定，別人無權干涉，但是我發現，自此以後，那位醫生已在朋友談話間自動消失，也不再出現任何有關他的話題。這可讓我見識到，德國人對於禮貌的在乎程度！

「妳看看這個小手提花布袋，是我朋友的女兒在慈善義賣會上標得的非洲小孩的手工品，很可愛吧！她們昨天來訪，送給我的哩！我正在想該如何運用它，或許可以裝乾燥花？一定很棒！」我的女朋友說。我接過一看，是一個小小的粗麻袋，上頭有非洲小孩的創作，畫著很多可愛的動物。

「嗯，眞的很可愛，這隻長頸鹿的頭太長啦，袋子外面快不夠畫，畫到袋子裡去啦！」我笑著說。

女朋友看了也笑了起來，說一定要打電話跟朋友的女兒道謝，帶給她這麼可愛的小花布袋。這位女朋友是家境富裕的德國人，先生是成功的生意人，豪華生活裡不缺任何昂貴的衣食住行，但是卻會高興地為一個小布袋而向致贈的小女孩道謝哩！

同樣的禮物，到了台灣，卻發生了這樣的狀況。

「喂，妳住在德國，妳倒說說看，德國人爲什麼喜歡送人這種怪怪的東西呀？」一位有跟德國商人生意往來的朋友，拿出了德國商人的太太送她的禮物。啊，原來是那位德國商人在德國公司的援助世界饑餓的義賣會上買到的編織物。是德國小孩和阿根廷山區的小孩共同完成的手鉤圖案。我覺得很可愛，我會把這色彩鮮豔的手鉤織物拿去裱框掛起來，那是可愛孩童的美麗合作。光是看到那自然奔放的色彩，都讓我心情頓時超快樂。

「妳不喜歡嗎？不然妳想要她送妳什麼？」我問。

「我們去德國時，送他老婆很多很棒又超貴的名牌圍巾、手提袋，都比這種小孩做的東西有價值多啦！我以爲我應該得到像什麼德國雙人牌呀，或德國磁器一類的東西嘛！」朋友有點生氣地說。

「妳下次試試看送她我們台灣小孩的慈善義賣作品，或許她會很高興，而回送妳德國磁器也不一定。」我笑著說。

「你別想我還會跟她打電話道謝。這種東西，有什麼好謝？我不知道我要說什麼。」朋友一臉委屈的說。

生氣的朋友或許還不了解這是文化不同使然，並不是那位德國人看不起她，因爲在文明高度發展的國家，認爲做善事是人生和企業最終的使命與目標。或許在台灣，這是尚未被全面接受的一種文化觀。當然啦，如果我認識那位德國商人的太太，我也會請她不要送這樣的禮物給他們的合作對象，因爲認知不同，只會產生誤解。這種禮物，反而會在地球另一端產生很不禮貌的感覺。即使我認爲世界上再也沒有什麼比小孩的純眞創作更珍貴的東西，但認知不同，就有風險。

反之，在歐洲，有些台灣商人素來給人「耶誕老公公」的形象。喜歡送人一些昂貴不實用的禮物（例如：商店買的，受贈對象或許不需要的商品，無個人情感，沒有吸引人的故事的大量生產的東西），這讓德國人十分困擾。加上我們並不喜歡說明送禮物的動機，不善說明禮品與品味生活的溫馨故事，讓台灣人送的禮，變成了他們眼中高檔卻不禮貌又冷冰冰的物品，甚至有時花錢卻冒犯了人。有一位德國商人告訴我，他收過一個台灣人送他一套昂貴的全銀餐具，他十分驚訝，因爲他既沒過生日，也沒嫁女兒，更沒添孫子，爲什麼不熟悉的對方要送這種在德國是很私人情誼才會饋贈的禮物呢？（請參考《四季花杯盤》中，婆婆爲何擁有全銀餐具的故事。）更有趣的是，有人送德國高級主管的太太昂貴的鑽石，害那位主管以爲台灣商人對自己的太太有意思（西方人對鑽石有愛情的幻想，是親密關係的象徵），更懷疑那位商人是否有別的不純正的商務目的？讓他趕緊向公司報告，並退還禮物，以免惹事上身。其實，這些說來說去，都是文化不同而產生的認知問題。

「謝謝妳送我的花店禮券。」婆婆打電話來。

「不客氣呀，希望妳母親節愉快。」媳婦說。我買了花店的禮券當母親節禮物，讓喜歡園藝的婆婆可以自己去找喜歡的植物。

「我今天早上用禮券買了一些佈置陽台的花，我覺得顏色配得很不錯；今天來喝下午茶，看看花吧！」婆婆邀請我去看用禮券換來的花朵。

「好呀，太樂意啦！」我高興地說。你也知道，我哪是要看花，是想吃婆婆烘焙的好吃蛋糕呀！哈哈！

你不用擔心，我一定會一邊吃蛋糕，一邊用力稱讚陽台上的美麗花朵，因爲喝下午茶時一定要有點禮貌，這樣才會很優雅嘛！我想，這樣自然又可愛的禮貌態度是大文豪歌德也不會反對的吧？

有趣的生活小思考

為什麼這篇文章中，東西方對「禮物」和「禮貌」的定義差這麼多呢？哪一邊才是正確的呢？照這個觀點來看，世界是平的嗎？

你的想法：

星星天使來畫符——C+M+B

來到歐洲，你只要稍稍注意，就會看到很多人家的門楣上寫著：「C+M+B」。你好奇這是什麼嗎？爲什麼要用白色粉筆寫上這幾個符號呢？這是了解歐洲人生活很重要的一個符號喲，如果你尚未有機會接觸到這符號，沒問題，聽我細細道來吧。

西方人有過耶誕節的習俗，而耶誕節就是傳說中耶穌降生在馬槽的日子。緊接著耶誕節的重要節日，歐洲信奉天主教家庭所過的「三王節」，這是傳說中「東方三王」向聖嬰耶穌獻禮的日子。（這在歐洲國家是小孩子喜歡的節日，很多小孩會得到禮物喲！）「三王節」的大概來由就是：

有三位國王，看見天上升起的明星，探知了耶穌降生的方位，於是長途跋涉帶著禮物去送給耶穌。他們從一月一日開始旅行，在一月六日終於找到了耶穌！他們給在馬槽降生的耶穌帶來了黃金、馨香和沒藥（橄欖科植物沒藥樹莖幹皮部滲出之油膠樹脂），這三個國王的名字是：加斯帕爾（Caspar）、麥喬爾（Melchior）和巴拉塔薩爾（Balthasar）。所以，歐洲中世紀的人們相信只要在自家門楣上寫上這三位國王的名字的第一個字母，就可驅邪逐惡，得到財富和平安。但按照天主教教會的解釋，這三個字母是拉丁文：Cristus mansionem benedicat（基督賜福我家）的三個字的縮寫。不管是三王的名字或是拉丁原文，都與天主教義有關。

古早時候，是由教會的僧侶裝扮成三位國王，在寒冷的一月六日冬夜，挨家挨戶去化緣。這和中國人的春節舞龍舞獅有異曲同工之妙，都是替人保平安，求財祿。收了捐款的化緣僧侶會在有捐款的信徒家的門楣上寫上：C+M+B，再加上當年的年份，就讓災禍過門不入。但因為這是小孩子喜歡的節日，慢慢地就由

C+M+B 06
Sarah

小孩子來扮三位國王，在一月六日上街去爲教會募款做善事。扮成國王的可愛孩子，就會搬張小椅子站上去，認眞地替你家寫上這三個字母。

你一定會奇怪，已經那麼高科技的德國人，還會相信粉筆字可以除厄消災？虔誠的信徒當然還是會覺得心誠則靈；但「三王節」在德國演變到如今，已促使成爲了一個由小孩募款給小孩的慈善機構「Kindermissionswerk“Die Sternsinger”」（星辰歌者：是在一百六十年前，由德國Aachen城的一個十五歲小女孩所成立，旨在以小孩的能力幫助小孩）。參加的小朋友義務在三王節時挨家挨戶唱歌祝福，並由扮國王的孩子給你家畫上平安符喔！所募得的捐款，將由小孩們來訂定捐款項目捐給世界上其他需要幫助的小孩。我非常喜歡這個募款的慈善機構，每年三王節時也像小孩一樣，等著小星辰歌者的來訪。

「來囉，來囉，快開門！」我從窗戶看見可愛的小星星唱歌隊來了，高興地叫老德先生快開門。

「妳總要等他們按電鈴吧？」老德先生說。

「爲什麼?」我問。

「因爲現在是冬天。他們還在別家唱歌，我們太早開門會很冷。」老德先生抬抬眉毛說。

哈哈哈，說的也是，我眞是太喜歡小星辰使者啦！把冬天的冷風都忘卻囉！可見小歌者們的純正歌聲與動機，可以讓人心都溫暖起來。

叮咚！一開門，七八個八歲以下的小星辰使者和三個戴國王帽拿權杖的國王唱起了美妙的祝福歌曲……嗯——眞是太好聽啦！超可愛的喲！唱完，由隨行負責小朋友安全的輔導老師幫助一個很可愛的小國王爬上門檻，用白色粉筆寫下了「C+M+B 06」。謝謝呀，星辰小天使！我覺得有你們的加持，我每年一定都是最幸運又快樂的人！當然，希望你們可以多募很多款項，幫助更多更多世界上的小朋友。

許多家長很願意讓自己的小孩每年加入歐洲這個重要節日「三王節」的歌唱隊去募款。因爲社會是由人所組成，一個人若從幼小時就開始明白助人的天理循環，這比任何說教都來得有意義。而且，小孩子會從這個幫助別人的行動中，學得世界地理和各區的經濟環境，決定該如何盡一己之力幫助受困的的兒童，這眞的是很棒又成熟的世界觀呀。每年的一月六日，也是德國國會耶誕節假期後開始上班的第一天，德國總理會特別到千百位小星辰歌唱募款隊集合出發的地方，讓小孩們祝福德國在新的一年能國運昌隆，並鼓勵孩子們一生繼續著這樣的慈善之心。哇，當國家的元首可以帶動這樣的慈善風氣，我想在孩童心中種下的善的種子，就是這個國家未來的最大動力吧？

「三王節」過後，也就是一月七日，全歐洲的耶誕樹都會收起來了。因爲節已經過完了，大家又開始努力的工作。

「妳那麼快就收拾乾淨了。」我到婆婆家看到她家已經沒有任何耶誕裝飾了。婆婆是最迷戀耶誕節的人，可是還是遵守「三王節」一過就收耶誕節裝飾的嚴格習慣。

「過了『三王節』還不收耶誕裝飾是不行的呀！」婆婆說。

「可是漂亮的耶誕樹還可以多看幾天嘛！」媳婦說。

「耶誕節前就開始看耶誕樹，看了一個多月，也該換季了。」婆婆說。

說的也是，婆婆是很喜歡季節裝飾的人，耶誕已過，不可能還想看到耶誕樹。而且市政府會在「三王節」後（一月十七日到一月二十日之間）來收耶誕樹垃圾，不然過了收樹期限，要處理大耶誕樹，在德國可是很麻煩又很昂貴的事哩！（非處理垃圾程序丟垃圾，要將垃圾載到集散場過秤後，按聯邦州政府公告價格付費後丟棄）。

「妳看到報上小星辰歌者在全德國募到的款項了嗎？今年要捐贈給非洲和印度的小孩做醫療和建學校的基金呢！」也喜歡小星辰歌者的婆婆跟我說。

是呀，我看到了！我眞是太快樂了！可以聽純樸的童歌，還得到了三個國王的祝福加持，又想到有很多小孩會因爲小星辰歌者的幫助而更幸福一點，感覺到這簡簡單單的三個字母縮寫，可以代表歐洲社會對小孩的正面教育功能的威力。

有機會到德國，別忘了看看住家或商店門上的 C+M+B，體會一下德國小朋友的愛心喔！

註：

1.「C+M+B」：中世紀傳說是三個東方國王的名字頭個字母的縮寫：加斯帕爾（Caspar）、麥喬爾（Melchior）和巴拉塔薩爾（Balthasar）。天主教教會定義：「C+M+B」，拉丁文Cristus mansionem benedicat（基督賜福我家）三個字的縮寫，德文爲：Christus segne（dieses）Haus。

2. Kindermissionswerk“Die Sternsinger”（孩童幫助孩童的慈善機構）：「星辰歌者」官方網站：http://www.sternsinger.org/

有趣的生活小思考

小孩應該要好好讀書，考上好學校，將來找到好工作就行了。小孩參加慈善工作能做什麼？是否蠻浪費時間的呢？

你的想法：

吵架皇后

理性的德國人，會不會潑婦罵街？這是一個很好的問題，我的答案是：只要是人，都會生氣，沒能控制住情緒的時候，不論男女，都有可能潑婦罵街。不管是哪國人都一樣。

所以，理性的德國人也會互罵，因爲越理性的人，對事情的看法越堅持，還會很理性地提出很多道理來跟你辯論喔。在德國吵架，並不會是歇斯底里地扯嗓門兒比陣仗，而是很冷靜的唇槍舌劍，沒練過這種吵架方式的人，剛開始會很不習慣，以爲德國人是沒理了，就不說話了，所以，你吵贏了！不對，不對，有些時候德國人只是想等你的情緒過了再跟你說清楚講明白喔。所以，奉勸你要先想好策略再開始吵，這樣德國人才會「理性地」與你開始爭論。這時，眞正的吵架才開始呢！

眞是奇怪吧？哈哈，眞的就是這樣哩！

我的朋友，凱塔莉娜，可說是我看過最喜歡吵架的德國女生。她可以三天一小吵，五天一大吵，跟誰吵？一點也不誇張，她跟誰都可以吵得起來，而且原因理由都不同。我們開她玩笑叫她「吵架皇后」，她非但不以爲忤，還會教導我如何跟人講道理才會佔上風哩！

比如說，她去超級市場買東西，在結帳時，被超市收銀小姐要求打開她的購物袋看有無尙未付錢的東西而大吵了一架。凱塔莉娜覺得這個舉動讓她的人格在超級市場受到了嚴重的污衊，她當場就和超市員工理論起來，更現場祭出她對德國消保法的了解，說超級市場員工無權懷疑顧客，更不能要求顧客無條件把手提袋打開接受檢查！凱塔莉娜據理力爭，口若懸河，一時間把整個超市鬧了個雞犬不寧！最後超市主管出來跟她道歉了事，這事件也惹得她從此再也不上那家超級市場購物，還常常遊說我不要再去那家超市買東西哩！

她家的鄰居也是她吵架的好對象。有位女鄰居和凱塔莉娜是死對頭，兩人都是挑剔性格，要求完美，但是人的品味怎麼可能會一樣？所以，她們倆只要一見面就會冷言冷語，諷刺一下彼此的穿著，要不然就是到處八卦對方的私事。近來，凱塔莉娜說她睡不好，因爲她家的公寓要整修刷新油漆，她很怕那位女鄰居會擅自決定整棟公寓粉刷的顏色。兩個人一開住戶會議就爭辯個不停，各自都對對方的審美觀很有意見。

「妳怎麼知道她選的顏色會不好看呢？」我終於忍不住問爲這事跟我訴苦的凱塔莉娜。

「唉喲，這點還用說嗎？妳光看她自己把頭髮染成什麼顏色就知道了呀！超沒品味的！」凱塔莉娜很認眞的回答我。這也算是回答喔，我聽了眞快笑昏！光看別人頭髮的顏色就知道別人會把牆刷成什麼顏色？凱塔莉娜眞不愧是連帶效應亂推論謬誤之大師！

「妳知道我最近被我家隔壁棟的那對夫婦的兒子嚇到了。他們再不改善，我準備報警。」凱塔莉娜一副疑神疑鬼的樣子說。

哇，什麼呀？她家「隔壁棟」的住戶，她也可以吵？太厲害了吧？

「我覺得妳警覺心不夠。」凱塔莉娜搖搖頭說。

「我不懂，那家人跟妳隔那麼遠，要什麼警覺心呀？」我根本沒法跟得上凱塔莉娜所謂的警覺心。

「那家人的兒子好像都躲著父母在陽台抽菸；每次抽完就順手把煙蒂彈到我們這棟來，這種老建築都是木頭，萬一釀成火警怎麼辦？」她跟我分析。

「妳能怎麼辦？」我說。我猜她總不可能跑去鄰居家警告「別人家的兒子」吧？

「燒起火來，倒楣的是我。所以我跟我們的住戶管理委員會建議要每戶裝滅火器，保障我們的安全。經過我極力爭取，現在終於裝了滅火設備，我才好安心睡覺。」凱塔莉娜滿意地露出笑容。

我猜凱塔莉娜每天都在「準備」跟人吵架，步驟是：到處看看有啥可吵的，再回家看看基本法律解說叢書，跟朋友八卦一下問問意見，如果真有機會可吵，一定會立即把準備好的吵架素材獻上，吵個過癮！

我剛搬到這兒時，凱塔莉娜對沒看過的新面孔很好奇。她還曾幻想我是被騙來德國的非法移民，哇，想像力真是太豐富囉！直到有一天，我們在路上聊起天來，她才很直接說出她的猜測，我也很客氣地回答所有她想知道的問題。經過數年後，我們已經變成很好的朋友。她說，當初其實蠻想找我吵架的，但是我卻不把她的問題當成很奇怪的推論，或是跟她起衝突，這才讓她鬆了一口氣。可見挑釁的人，其實是有著很深層的恐懼，所以才要裝出「不要欺負我」的嚇人模樣吧？跟凱塔莉娜熟稔後，明白她的心不壞，只是對世事的謬誤成見太多，又沒有好好挑戰整理這部分的思考，才會變成吵架皇后。現在的我，成了她不平遭遇的速報中心，有時她和人吵了架，還會第一時間打電話給我訴苦哩！

「妳知道那家珠寶店把我的那枚戒指搞成啥樣兒了嗎？」凱塔莉娜氣急敗壞地問我。

「戒指？什麼戒指？」我回問。看她的樣子很生氣，我知道她又出門去吵了一場架。

「妳看，」她舉起手，「氣到我的手都發抖！」她誇張地說。

「妳這麼一舉手我倒發現妳平常戴的藍色寶石戒指不見了。」我說。

「沒錯！就是戒指！」她叫著說，「戒指上圍著藍寶石的小碎鑽有十二顆，有一顆掉了；我請寶石店幫我再配一顆鑲上。」她開始講述吵架經過。

「鑲好了吧？」我問。我記得她告訴過這枚戒指是她祖母給她的遺產之一，年代久遠卻極其珍貴。

「哈！問題就在這兒！拿去店裡修理時，少的是一顆鑽石；去拿的時候卻要三顆的錢，他們說掉了三顆而不是一顆！」凱塔莉娜越說越激動。

「沒有店家開立的修理單據嗎？」我好奇地問。我認識那家珠寶店的老闆，是個很和氣的人，怎麼會這樣呢？

「說到這個才讓我光火！他們說那天店員忘了填，有這種事嗎？我找老闆理論，老闆說要找修理師傅問清楚再給我回話。」她邊說著，脖子和臉都氣紅了，「今天再去，竟說就是掉了三顆，沒得理論。我拒絕付款，在店裡理論了很久，妳知道那個老闆竟然當眾對我做出什麼事嗎？」凱塔莉娜邊提高聲調，邊站了起來。

我聽得很入神，因爲無法想像那位老闆會做出什麼事呀，眞是太好奇啦！

凱塔莉娜學著老闆的動作，「他竟當著所有店中顧客的面，把戒指遞到我手上，接著把店門打開，向我一鞠躬，請我立即離開他的店！」凱塔莉娜說完眼中閃爍著淚光。

唉——我要說凱塔莉娜這次恐怕是踢到鐵板囉！在德國，如果有人這麼客氣地做出吵架回應，表示那個人覺得你已經是人格掃地，毫無再對話的價值囉！況且，那位老闆還將戒指免費地奉上，那麼就是說你這人的名譽已被他踢翻到陰溝裡去啦！這眞是很不留情面的做法哩。因爲在德國有些地區很講地域人際關係（就是某一地區居民之間，人與人相處的成熟度，不帶利益性質的評價），這樣的負面評價一旦在居民間傳開，會是很令人難以承擔的壓力和傷心喲！難怪凱塔莉娜第一次跟人吵架吵到會掉淚；那家店的老闆對凱塔莉娜做出了最嚴重的批評動作，而且是在眾目睽睽之下！

「這眞是太過分了。」我說。我不知該如何安慰凱塔莉娜。我在猜這可能會是件各說各話，永遠理不清的懸案一樁吧。

「我再也不會去那家店了！我也要讓朋友知道那個老闆的惡行！我連他店前的地段都不會去！或許，他看我是一個離了婚的孤單婦女，他們才要這麼欺負我吧……」凱塔莉娜哭了起來。

唉！這眞是所向披靡的「吵架皇后」在史上慘遭滑鐵盧的一天。

有趣的生活小思考

你不喜歡某個人，所以要對他的一切不管好壞都全盤否定；你很崇拜某個人，他的善惡就全都認同也會接受。

你的看法：

理所當然大思考

歐洲的夏天，有越來越炎熱的趨勢。記得剛開始自助旅行的年代，來到歐洲，夏夜還需要穿外套，現在是變成夏天會一直熱到太陽下山，也就是說晚上十點半了，還會熱得人全身發燙！看來地球眞的是越來越溫暖。

這篇文字，不是要跟你討論環保問題，而是要說一件有點爆笑的故事給你聽，就發生在炎熱的七月。聽過故事之後，你會發現，其實，我們有時會很習慣生活中的某些事情，熟悉到覺得那是理所當然就會發生，而不需要再去思考。還是先來說事件的經過給你聽吧。

話說歐洲老一輩的人，認爲歐洲的夏天是不需要冷氣的，因爲我剛說過了，以前的歐洲，夏季是很短又涼快的，歐洲人根本不會想到需要用空調這回事。而現在的夏季變得好熱喔，這可非常苦腦老人家，完完全全不能適應這樣的高溫環境，但是卻不會麻煩的去裝什麼空調設備，因爲熱也熱不過四個星期，涼涼的秋天就來了，能省則省。可是，越來越多老人在七、八月間中暑或昏倒，讓夏天救護車很忙碌地跑來跑去救熱昏的人。

故事的主角是老德先生的一位家族中的阿姨，獨居在一棟大房子裡。那棟古老的房子有很深的古代地窖，地窖中還有通去河邊的小水道，我喜歡跑進地窖去聽水道潺潺流水的聲音，假裝自己回到了中世紀的歐洲。地窖又深又黑又涼爽，以前一大家族人就將地窖拿來當涼涼的藏酒室，還把剛做好的冷盤沙拉放進地窖涼一涼，連冰箱都用不到。可想而知，那位老德阿姨不管天再怎麼熱，她只要走進她家的古老地窖，就可以在那低溫的涼空氣中去熱消暑。可是，天氣實在熱極啦！連老地窖的氣溫都直線上升，小流水渠道的水變成了蒸氣，讓整個大地窖又濕又熱，一走進地窖就會覺得呼吸困難！

「當天，我想到地窖去涼快涼快，沒想到地窖的悶熱反而讓我感覺更差。一口氣突然塞住胸口，不知怎麼地，完全沒辦法呼叫啦！我一閃神，就從地窖樓梯咕嚕咕嚕滾了下去！」老德阿姨把當天發生的事情講得很逼眞，讓我們完全感覺重回事發現場。

「天呀！」婆婆叫了起來，還用雙手摀住頭，好像眞的看見有人從樓梯上滾下去似的。

「哇！那誰來救妳呀？」我問。

「我告訴妳，人就是不能把所有事情視爲理所當然，一定會有意外。不管是好的意外，壞的意外，都不是憑舊有經驗就能解釋事情的發展的。」老德阿姨似有所悟地說。

婆婆和我對望一眼，完全不懂老德阿姨要說什麼？老德阿姨清清喉嚨繼續說：「我當時心想，我完了，平常小孩這時都不會來探望我，我肯定就躺在這兒等死，我把這想法視爲理所當然，因爲生活的頻率就應該是這樣；沒想到，我兒子那天剛好來找我拿東西，發現我躺在地窖，於是趕緊叫了救護車。」老德阿姨說。

我們鬆了一口氣，覺得她很幸運。我們也理所當然把這個幸運的故事結尾視爲理所當然。

「喂，故事才開始呢！」老德阿姨出其不意地說。

「不是送到醫院就好了嗎？妳現在不是又恢復健康了嗎？」我完全被搞混了。

「唉喲，如果眞是這樣就好了。根本不是像妳想像的那樣，因爲更精彩的是救護車來了之後才發生的事。」老德阿姨一臉心有餘悸地說，「趕來的醫療隊，包含醫生助手，大家一陣手忙腳亂地要將我抬上救護車，因爲我有心臟病，他們很怕會有更緊張的狀況。就在我快被抬上救護車時，正在替我量血壓的醫生，突然直挺挺的也昏倒啦！」老德阿姨誇張地說。

「什麼呀！老天，老天，怎麼可能！」婆婆完全不信地叫了起來。

「哈哈哈！沒聽過，沒聽過，這實在太離譜啦！」我笑著說。

「是呀！更離譜的事是，我在我的自家門前，躺在擔架上，沒人能救我！因

爲昏倒的醫生在等另一台救護車趕來救他。」老德阿姨邊說邊搖頭。

哈哈呼呼，我笑到眼淚快掉下來。

「那個醫生爲什麼會昏倒？」我問。

「因爲太多人中暑，他們忙到都沒休息，加上氣溫節節上升，連醫生也都昏過去囉！」老德阿姨說。

我們聽了快要笑到肚子痛。

「現在想起來眞的好好笑；那天我家門前一堆救護車，加上很多救護人員，讓鄰居以爲我家發生什麼大事了咧！」阿姨笑著說。眞的是蠻嚇人的場面哩！只是我們都以爲醫生來就會把病人救治好，沒想到醫生自己也累昏。還好老德阿姨與那位醫生都無大礙，眞是最幸運的結果囉！

「我也來講一件會把我氣炸的事。」婆婆說。我知道婆婆的故事都很搞笑，開始準備好大笑。

「有一回，剛烤好了蛋糕，要將蛋糕拿去地下室。一個不小心，也從樓梯上跌了下去，咻——！」婆婆邊說邊表演拿蛋糕加跌倒的樣子。
「哇，眞不小心呀！」老德阿姨疼惜地說。
「正常的人，看到都會趕緊來攙扶我吧？」婆婆問。大家點點頭，表示這反應是理所當然。
「我先生（就是華娟的公公啦）看到我跌倒了，並沒有問我疼不疼，竟嘆了口氣，說：啊，蛋糕摔爛啦……」婆婆唱做俱佳的演出，眞讓我們一瞬間爆笑！
聽了這樣的故事，讓我想到，把生活中的事情視爲理所當然，眞的是一種不夠挑戰的思考方式，因爲理所當然意味著毫無創新，也認爲事物永遠不會改變，一定會照著你認定的方式和劇本發展，這就是停止思索的象徵囉！將事情視爲理所當然，也會忽略別人對你的眞心付出，因爲你覺得那是理所當然的事，就會忘了感謝別人對你的付出。
希望我們都好好思考，常把事情用「理所不當然」的方式看待，或許每一天都會變得更有趣哩！

有趣的生活小思考

我每天開車上班，我的車不會拋錨。我坐的那班公車，絕對不會脫班。到了公司，按下電梯鈕，電梯一定會來。工作做到某個年資，老闆一定會加薪。我和對方談戀愛夠久，我們一定會結婚。晚上回到家，家人（或配偶）一定會替我準備晚餐。洗澡時，打開水龍頭就有冷熱水跑出來。沒錢時，去提款機，就會有錢了……還有哪些事，是你認為理所當然的呢？慢慢寫下來吧！寫好後，再想想，理所當然的事，真的都不會改變嗎？

寫下你的日常生活「理所當然」一覽表：

總統電單車

曾有一次機會，參加了在瑞士舉行的世界旅遊作家聚會。這個活動是由瑞士航空和瑞士旅遊局所合辦的。來自全世界三十多個國家的旅遊作者聚集一堂，要在瑞士共度五天，並由瑞士旅遊局爲我們導覽瑞士風光。

瑞士眞是一個極美的地方！五天之中，我們坐登山火車和纜車看瑞士的山城。漂亮的山城沒有汽車，對外通路只有纜車，整個山城只聞得到花草香。我們也住在少女峰的百年維多利亞旅館，享受最禮遇的美好時光。更由直昇機載著，從高空觀看美麗的湖泊！我非常感謝瑞士旅遊局那次的美麗招待，至今難忘。

但我最記得的一件事，是讓我第一回驚訝於瑞士的民主是如此地成熟，又如此地可愛，我常常想起這份美好的感覺，原來這才是民主的最高境界。事情是這樣的：

在我們緊湊的一個行程中，有一天是安排與瑞士總統喝下午茶。舉行的地點是在一座古老巴洛克式的用餐大廳，大廳是淺粉紅色系的。屋頂的天使雕像也是精緻美麗。閃閃發亮的水晶吊燈，讓午後的古典大廳有著亮晶晶的折射光點，配合著落地窗外的湖光山色，心情眞的是好寧靜！長長的宴會桌鋪著潔白的桌布，擺置著閃亮的銀製午茶餐具，甚是隆重。當所有的旅遊作家坐定之後，收到由工作人員分發的午茶聚會的內容。內容大概是瑞士總統要跟我們介紹目前瑞士將有何環保政策，要如何保護瑞士美麗的群山和湖泊。（這份開會的內容，在日後我看到的瑞士環保方面的報導，都有一一實踐，非常敬佩瑞士政府的執行力。）當時的我，對於瑞士總統的想像，當然是帶著我舊有的觀念，就是一定有很高尙的排場，也一定坐黑頭車出現嘛，因爲是重要的國家元首，好像應該都是這種派頭吧？可是，當見到總統先生出現時，覺得他很親切，就像一個可以無話不談的好朋友。接著，總統先生開始報告他們對發展瑞士旅遊的計畫與期望，也希望藉由我們報導瑞士對於環境保護的遠景。

喝完下午茶，總統祝所有的客人旅行愉快，就先行離席。我們所有人可以選擇自由活動半天。我決定搭公車到城裡去逛街，在等車的時候，遇見了一位這幾天來帶我導覽的工作小姐，她也是要上城裡去，我們剛好搭同一路線的公車。

上了公車，只剩最後面的站位，我們靠在後車窗上聊起天來。

「咦？那不是？」我眨眨眼睛，我竟然看見剛才那位總統，騎著電單車在公車後面。

「是呀，那是總統。」工作小姐對我說。她看起來一點也不驚訝的樣子。

「我還以爲看錯了呢！」我笑著說。

「沒有呀，他正在試騎很環保的電單車，不會排放廢氣。」工作小姐還邊說邊跟總統揮了揮手。她又指指我，表示我是受邀的客人，總統也很客氣地跟我揮揮手。看他笑嘻嘻的模樣，騎電單車一定是很愉快的經驗。

哇！這可眞好玩，總統都不坐黑頭車喲？總統不是都有保鑣嗎？總統不是可以享受很多別人享受不到的事嗎？看到剛剛跟我們喝下午茶的總統，騎著電單車回家，眞的是很好玩呀！

「我們的總統是每年換一個呀，」工作小姐跟我說，「總統都是學有專業的一些學者人士，在七個聯邦委員掌管七個不同的部門，這七個人各任職四年，每年被選中的人，就要上任當總統。」工作小姐把瑞士的民主制度跟我大約解說了一遍。

「所以，瑞士總統是很平常的職業囉？」我笑著問。

「對呀，以前我父母家的鄰居就當過總統；總統下了班，就跟我們百姓一樣，我們也不會特別覺得總統就應該是怎樣的派頭排場。」工作小姐說。

這眞是太可愛的民主觀了吧？當然這樣的概念，可以讓在上位的人，時時回到尋常百姓的生活中，去體會人民眞正的需要吧？眞是好玩的瑞士總統電單車喲！

時間緩緩過去，我對於歐式民主的概念已經頗爲習慣。當我跟來訪的朋友介紹說，我們正經過小鎭市長的家時，朋友都很驚訝市長是住在一棟很古老的連棟建築物裡。

「市長該住什麼樣的房子呢？」我問。朋友也說不出來，因爲根本就沒硬性規定什麼樣的政治人物要住在怎樣的房子裡呀。只要他是好市長，對市政有建設，他的私人生活就不應該被打擾。市長會因爲住在豪宅，就有比較好的表現嗎？小鎮的市長是騎腳踏車去上班，有時我會遇見他，他也會很客氣的與我打招乎。回到家，看到剛跟我招呼的市長，出現在政治場合的現場轉播會議中，發表他對市政建設的看法。夏天太陽下山的傍晚，市長回到家，還會出來掃地，把自家門前打掃乾淨。我想，這樣的一位政治人物，是眞正在和他要服務的人群生活在一起，這是一種讓人感到有趣和眞實的民主。當然，成熟的選民會因爲政治人物的作爲而判定政治人物的能力，而不是他擁有什麼而決定他是否是位高權重。這種帝王式的想法，是不太適合用在這兒的生活中喲。

「市長和太太在喝咖啡哩！」婆婆指指咖啡店窗口的位置。

這是書店二樓的咖啡廳，有純純香香的義大利咖啡和好吃的蛋糕。星期六上午婆婆和我逛書店逛累了，就會到附設的咖啡廳歇腳。市長和市長夫人也是同樣的買書買累了來喝杯咖啡。成熟的市民也不會去打擾他們，因爲這是他的私人時間，就跟一般平民是一樣的身分。

「眞是浪漫的夫妻哩！」我說。

「那我們呢？」婆婆回問。

「搞笑的婆媳呀！」我說。婆婆被我逗的又呵呵笑了起來。

有趣的生活小思考

你支持的政治人物，是帝王式的做事方法，還是像「騎著電單車的總統」那樣的民主式的呢？多數的政治人物都真正有在為民服務嗎？你有去了解過他們實現了多少的政治諾言嗎？

你的想法：

一歐元古堡

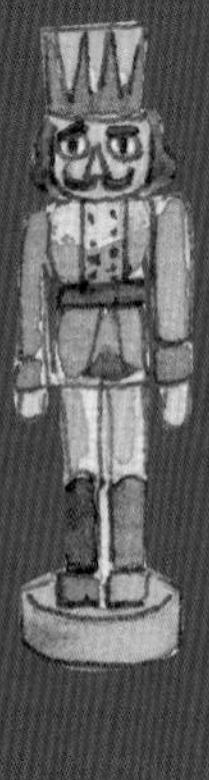

如果我有很多現金，我一定買一座歐洲山城中的古堡。如果我還有更多現金，我就自己住在古堡中，好好享受歐洲古代的浪漫生活。但是，當我眞正走到古堡中時，我就明白爲什麼大多數的古堡都像童話中的公主，在古堡的頂端寂寞地唱歌，一直等不到來娶她的白馬王子。

有很多朋友。看了我在《海德堡之吻》中寫的翻修古公寓的故事，以爲我住的是歐洲古堡；幻想終究敵不過眞實，有些人看了我住的百年公寓，掩不住失望地說：「看起來是現代的房子嘛！一點也不老！」哈哈！我反而很慶幸老公寓可以變得現代一點，要不然還要保留古代房子的內部裝潢嗎？我可能會發瘋吧！我說這話有幾個理由：

第一，老房子的結構都很脆弱，如果不整修，住起來一定會很危險。而且寒冷的冬天，百年以上的建築材料會冷風亂灌，這時就會讓人大呼受不了！

第二，老房子大多需要重新佈置水管（老式的鉛管有毒性，禁止使用）和暖氣管線（古代的房子都是用油熱爐或壁爐，所以要買油桶儲油或去批發木柴來燒），但是如果房內牆面的材料已經太老舊，必須拆開重做，這就是很浩大的工程囉！

第三，如果老房子是納入登記的保護古蹟，德國各聯邦州就有很多不同的歷史古蹟修繕規定；有時還強制規定哪種建築要用哪種特殊建材，或是修繕要經過多少政府相關機構的認可核發執照，才能開始動工。因這種特殊材質的建料是獨門生意，價格很昂貴，不如買最新技術的建料來蓋新房子還划得來一點喔！

我家的百年老公寓是在八〇年代，由一家建築公司申請了很多核准書之後才開始整棟修繕的。但這家公司並沒想到修繕會耗費那麼多銀兩，狀況外發生的特殊建材問題，讓公司財務一落千丈！等到修繕完畢，公司資金入不敷出，就跟著倒閉啦！唉，眞是太可憐了！所以，這棟古蹟公寓還蠻幸運的，有被完整的修繕過，要不然可能也逃不過由政府接收當公家機關辦公室的命運。

很多歐洲的歷史古蹟和老房子，不是被荒廢，就是要花比新房子更多的錢來修繕。許多老房子在建商評估後，都變成很棘手的雞肋型房地產——很漂亮不住太可惜，可是要住的話又太花錢。有很多地產商想要將這些業務推銷給不明究理的外國人，讓抱著古堡夢的人來圓一圓夢吧。所以，我們在媒體上看到的歐洲古堡便宜賣的新聞就是這樣來的：「來喲，來喲！一歐元古堡賣給你喲！」讓很多人很心動哩！不過，看到這樣的新聞，你覺得我會相信嗎？

「確定不能買嗎？」我問老德先生。我家附近有一棟漂亮的古建築最近公開求售。

「我想不大划算。」老德先生搖搖頭說。

「可是這麼一大棟房子賣那麼便宜耶！」我看了眞心動。而且，房子是已經修繕過了，本是一家德國廣告公司在使用。廣告公司將整棟十多個房間的古別墅修繕的美得不得了，從外頭偷看進去，眞是一棟想像中才會出現的夢幻別墅哩！

「買是不貴，但要維持各項開銷，是日日月月在燒錢的事。」老德先生說。老德先生善於計算，將房子的坪數、房間數、各種垃圾分類處理費以及周邊各種公共設施分攤費，用計算機敲一敲，列出了一張清單。

「哇！」我一看就叫了起來。乖乖！光是暖氣費和垃圾處理費就會叫人發昏。

「妳還記得我們家的古陽台要用多少錢維護嗎？」老德先生問我。

「嗯，很貴。貴到不像收費，而像光天化日下搶劫的價格。」我吐吐舌頭說。市政府希望我們自行維修古陽台，但他們不分攤費用，除了我們要付錢外，維修公司要在施工前，呈交維修圖給主管古蹟部門批准樣式和材質；有一個部分還被駁回，因爲古蹟部門認爲會破壞一點點古蹟的外觀，所以又重新設計，再走一遍公文旅行。公文先要旅行到市政府，再繼續旅行到你居住的這一區所屬的聯邦州主管機關蓋章。嘿嘿，你是否光是看到這段文字就頭昏了呢？一個陽台都那麼麻煩，何況是要整修一幢古堡？（德國多數的古堡都被納入歷史古蹟文物保存檔案。）

我們還是不放棄希望，將房子的資料給了家族中的一位建築師親戚。請他用專業的眼光幫我們拿拿主意，或許德國有很新的技術可以維修古房子省錢喲！沒幾天後，他開了張更可怕的清單過來，用專業的角度剖析了整棟古屋的狀況。媽媽咪呀！我看了他的解說之後，差點昏過去啦！他先從門的結構開始分析，又開始解說牆裡外層的構造（還專業到把那種年份古屋的建材名稱都寫出來！）再講解窗戶的的缺失，又分析這種古房子的地窖可能有的潮濕狀況；可能要用多少公斤的鋼骨才能重新固定地板、樑架；又有一部分的建物必須雇用大吊車才能夠將建材重新安置上去……

「光是把屋子結構問題修護好，還不算內部整修，」建築師叔叔寫道，「建議自己蓋一棟新屋比較便宜。」叔叔做了良心的建議。

哈哈！現在知道了吧？歐洲的古房子眞的是氣質高貴，價錢也很貴喔！

如果你眞的沒有錢的問題，只有買不到古堡的煩惱，建議你可以租一棟古堡

來住住看。這在歐洲倒是有不少機會可以嘗試。也有很多的歐洲旅館，向古堡擁有者的後代，租古堡來當成豪華旅館經營。這些機會都可以讓你一圓住古堡的夢。還是執意要買的話，也有已經修繕完畢，可以拎皮箱立即入住的古堡，起跳價格是五百萬到九百萬美金。夢幻古堡是一千五百萬美金以上起跳，絕對讓你滿意。當然囉，也有目前越來越熱門的東歐古堡，起跳價三十五萬歐元，價格算是蠻實惠的。

古堡大都在離市區比較遠，不在公車行駛路線的郊區，那兒溫度是九月初就要開始升火爐，一直不斷加柴到次年的三月，這部分的暖氣費用也別忘了要先有預算。

有個朋友的家，是一棟美麗的歷史古蹟，最近終於售出了，並由新屋主花了一百五十萬歐元整修成餐廳耶！有空一定要去看看，也要去膜拜一下新屋主的勇氣，可以讓古蹟房屋繼續永遠的美麗到未來。

這兒有個古堡旅館的連結，想住古堡，先練習一下住古堡旅館吧，房價都高貴不貴喲！網址：http://www.hotel.de/media/schlosshotels.htm

有趣的思考小練習

歐洲真好，古堡只賣一歐元！為什麼只賣一歐元？是什麼原因呢？

你的看法：

葡萄園中的幸福床

秋天，是德國人喜歡到葡萄園健行的季節。

各個區域出刊的報紙，會刊出各地葡萄酒產區有哪些酒節舉行的活動，讓大家可以利用週末假日，一早就到葡萄園附近的森林中健行；中午就到有舉行酒節的產酒小鎮去參加有趣的品酒活動，或是吃吃當地的美食。這種秋天才會舉行的酒節，是我最喜歡的活動，因爲各小鎮會推出很多的農產品攤位，賣各種手工產品或水果蔬菜，還可以吃到鄉下的傳統小吃。每年秋天我都會自己排出一張酒節活動表，週末就來場美麗的健行，經過一望無際的葡萄園，再抵達小鎮去吃吃喝喝。這種活動大概會持續一到兩週，接著就是所有酒莊要開始秋收葡萄釀酒的時間，這時候酒節期間的歡樂和放鬆，突然之間變成了忙得不可開交的緊張氣氛。

我認識不少酒莊的主人，還有替酒莊釀酒的釀酒師。這些釀酒師除了釀酒知識非常專門之外，味覺靈敏到可以決定酒莊所有不同葡萄品種要釀造的酒的味道，他們要將採下的各品種葡萄一一追蹤，逐桶品嚐，不能在釀造期間出一點兒差錯，釀酒是很繁複又需要全神貫注的工作，萬一沒控制好釀造程序，就會將酒農一年辛苦栽種的葡萄毀於一旦。我還認識一位釀酒師因爲壓力太大，突然間失去了味覺，他當然也就失去了他的工作，因爲沒有味覺的釀酒師，不可能嚐出酒的味道呀！

好了，從秋日健行講到酒節，又從酒節講到了釀酒師，其實要跟你說的故事就發生在一位釀酒師身上，一場美麗浪漫的婚禮，竟然可以變成烏龍大會串！

這位帥帥的釀酒師很早就結了婚，也早早替家裡添了成員。他的女兒如今亭亭玉立，覓得了如意郎君，也決定步爸爸的後塵，早早開始快樂的過婚姻生活。

「恭喜呀！」我們跟他道賀。在很歡樂的酒節慶典上，我們遇見了很熱情跟我們打招乎的釀酒師。他說女兒已經在今年七月結婚了，我們很高興地祝賀他。可是釀酒師卻一副欲言又止的表情。

「你身體不舒服嗎？」我問。我感覺他好像有點六神無主。

「你們現在有時間嗎？」釀酒師突然問。

「有呀！」老德先生說。我則以爲釀酒師要給我們品嚐新釀好的酒呢，結果完全不是，居然是要告訴我們他女兒婚禮的故事。哈哈！這可是我喜歡聽的事哩！不知道是什麼特別的遭遇？感覺釀酒師有點想把心中的事一吐爲快。

「結過婚的人都知道，大事小事一堆，像是處理不完，」釀酒師開始這麼說道，「我女兒的婚禮可說是加倍忙碌。爲什麼呢？因爲新郎家沒有很多家人，父母離婚，他是單親撫養，也沒跟家人住，婚禮只有爸爸出席，所以我們家要全數動員幫忙。」釀酒師很快地把新婚夫妻背景介紹了一下。

「是七月嗎？哇！今年的七月很熱哩！」我說。

「沒錯。而且就是七月最熱的那一天，眞是令我難忘。」釀酒師又搖了搖頭說。我覺得他看來有些委屈。但到底是什麼狀況會讓善於處理細節的釀酒師頭疼呢？這讓我又更好奇啦！只聽釀酒師又繼續說：

「結婚的新人要拿的花束，該是由新郎家準備，我體諒新郎家沒幫手，特地在婚禮前一天，將我們買好的捧花開車送到新郎家，並囑咐他不要忘了帶。」釀酒師喝了一口水，繼續說，「婚禮開始了，我看到新郎沒有帶捧花，他說因為去車站接他爸爸，忘了把捧花帶出門。這時我老婆跟女兒都哭了，說沒有捧花，就沒有婚禮！」釀酒師一臉苦笑。

「哇！那趕緊去買捧花呀！」我也跟著緊張起來。

「星期日早上去哪兒買呢（德國星期日沒有商店營業）？新郎也不能離開教堂，親家公自告奮勇開車回去拿捧花。不過，這又是一個錯誤，因為親家公不住在兒子家，開了門卻拿錯了捧花，拿來前兩天在市政府登記註冊結婚的小捧花，花都快枯乾了。我老婆和女兒，在教堂外面一看到快謝掉的捧花，哭得更大聲了。」釀酒師說。

「哈哈哈……」我再也忍不住地大笑起來，不相信事事求精準的釀酒師可以忍受這種差錯。

「沒錯，眞的是可笑吧？我在四十度的高溫中，飛車到新郎家將正確的捧花拿到教堂，教堂鐘聲剛好響起，正好趕上將捧花遞給新郎新娘。」釀酒師說。

哇，這眞是千鈞一髮哩！幸好趕上婚禮，不然不知釀酒師的老婆和女兒會不會哭昏？

「把捧花遞到他們手上後，我全身的禮服已經被汗濕，好像穿著西裝做了一場蒸氣浴。」釀酒師想到自己的狼狽樣兒，也不禁笑了起來。

「不過，故事還沒完喲。」釀酒師揮揮手說，「居然繼續發生了更好笑的事。」

「不會是新郎忘了戴戒指吧？」我問。

釀酒師搖搖頭，好像覺得我的猜測太在預測內了。

「我們訂了葡萄園中的一家中古世紀的旅館舉辦婚宴，因爲那旅館有Himmelbett（四柱臥床，歐洲中世紀的顯貴人家睡的床，有四根柱子，上頭是木頭或絲紗質的布料的蓋頂，可以在晚上拉上隔簾睡覺），這是傳統的新婚之夜幸福床，所以就讓新人在那兒過夜。」浪漫的釀酒師設想的還挺周到呢。

我開始幻想，中古世紀旅館的幸福新婚床，就在葡萄園中間，哇，哇，哇，眞是浪漫到不行啦！

「這種古床因爲有頂，女兒和女婿的朋友和同事就灌了很多氫氣球，在每個氣球上綁著寫上祝福新人的小紙條，再把一堆七彩的祝福氣球放進床頂飄著，讓新人一掀開床簾時可以覺得感動又驚喜。」釀酒師高興地說。

「這可眞是有趣；妳女兒應該很快樂又感動吧？」我問。

「沒有。完全沒有。第二天早上，我們請家人朋友到旅館一起用早餐，女兒和女婿卻對這個驚喜安排隻字未提，也沒跟他們的朋友道謝。」釀酒師說。

這可眞奇怪啦，難不成是新人在新婚之夜吵架？

「我也感到奇怪，我坐到我女兒旁邊問她，『嗯……昨晚如何呀？』女兒用奇怪的眼神看著我，好像爸爸怎麼會問她這種問題的樣子；我又轉頭問問女婿，『怎麼樣？昨晚還好吧？』我女婿也很驚訝地看看我，說沒問題。」釀酒師很搞笑地說。

「他們不喜歡祝福氣球？」我不解地問。

「不是，他們的幸福床頂根本就沒有氣球。因爲，朋友們不知道當天還有另一對新婚夫妻也在這兒舉行婚宴加過夜，旅館人員也弄錯房號，把氣球放進了錯誤的房間，所以是另一對夫妻的幸福床上有一堆讓他們莫名其妙的七彩氣球！」釀酒師敲敲自己的腦袋說。

這時我已經爆笑起來，眼淚都快笑出來！唉——！浪漫的葡萄園中的幸福床新婚之夜，竟有這種陰錯陽差，眞是難以相信。

「女兒今天沒來參加酒節嗎？」我以爲可以看見這對可愛的新婚夫妻。

「現在我才剛開始要說到重點，唉，擔心的事還沒結束。」釀酒師先前那六神無主的表情又浮上臉龐。

「我女兒女婿婚禮後，就去蜜月旅行。目的地是他們最嚮往的澳洲。」釀酒師回答。

「從歐洲飛到澳洲很遠呢！他們預備什麼時候回來呢？」我問。

「預計是今天早上抵達法蘭克福機場，不過，今天清晨接到女兒從香港機場打來的電話，說他們看錯登機門，錯過了飛機，現在可能要睡機場，等下一班飛機。」釀酒師很擔心地說。

哇！這對新婚夫婦眞是烏龍一對寶啦！從婚禮開始就遇見這麼多狀況外的事呀？我想，或許這也是給新婚夫妻練習相處的最佳機會，一定可以越挫越勇！

「我老婆已經快發瘋了，擔心地看著電話，一步也不想離開。我剛看到你們，覺得你們常去亞洲，你們倒說說看，他們會不會有事呀？」釀酒師露出了一個做父親的擔憂與溫柔。

我們安慰他不用擔心，因爲香港飛歐洲的班次很多，一定可以補到機位回德國，應該不會有太多問題。

「剛才接到女婿同事的電話，要我提醒他星期一早上有一個病人要開刀；就算他們今天補上機位，返抵德國時，也是星期一早上，那麼女婿哪趕得及去醫院上班呀？」釀酒師說。

我們聽了，希望釀酒師的女婿可以搭上早一點的班機，及時趕去上班。也希望事事求精準的釀酒師，可以繼續抱著幽默的心情，看待不能掌握的大小事。

有趣的思考小問題

所有的事，都會在我的掌握中。如果不按照我的想法發展，都是不對的，一定會出問題。別人為什麼不可以想得和你不一樣呢？

你的想法：

能源吵架戰

如果你要問我，德國人是不是眞的很喜歡做環保？我倒不敢以偏概全地回答：是！因爲一種米養百樣人，德國當然也有亂丟垃圾，或搞不清怎麼倒垃圾的家庭主婦（看不懂垃圾分類的就是本人在下呀），或是對環境保護完全沒概念的德國居民，不能說德國人就是統統會覺得環境保護很重要的意思。

我對這話題，只能舉最近的例子來跟你說明，德國人如果有心做環保，他會精細到什麼程度呢？這個例子的主角人物，不是別人，就是我家公公。

爲了加入德國政府鼓勵的太陽能發電的環保熱潮，公公簡直成了環保的激進派，當然不是上街抗爭遊行啦，而是公婆開始爲了這行動，很看不順眼對方。

「妳來評評理，爲什麼我們家要整個換成太陽能發電？」婆婆氣急敗壞地要我選邊站。

「因爲妳老公認爲太陽能發電很環保。」聰明的媳婦不敢說太多，以免此時火上澆油。

「爲什麼不能換呢？現在世界上的能源短缺，我們就該都盡一份力；況且政府有補助呀，還跟我們收購電力，有什麼不好呢？」公公沒事般地聳聳肩說。

「你是會不會算數呀？明明有那麼多現金可用，卻要用貸款去換置整棟房子的太陽能供電裝置；貸款還要給銀行利息，我完全不懂你是怎麼看帳本！」婆婆快要氣炸地說。

「因爲政府的鼓勵條款就是要用貸款才有補助，這是法規之間環環相扣且相關的，我也不能改變呀；我試著將所有法令跟妳解釋，妳卻不聽，我也沒辦法！」公公還是很理性地說。

媳婦在一旁並不想加入這場能源吵架戰。其實，我了解婆婆的想法，也明白公公對環保的認眞，在我看來，兩方都沒錯。只是公公所費不眥地加入了太陽能發電的環保熱潮，一天到晚去聽很多相關的演講，又請太陽能發電廠商來家裡估量計算瓦數，又和老德先生裝置電腦連線的太陽瓦數測量表，可以隨時追蹤太陽能發電的情形。唉！家裡幾乎要被裝置新管線的工人鬧翻啦！這可打擾了喜歡清靜生活的婆婆，讓婆婆超級火大。

「希望你現在這個裝置告一段落。」婆婆對公公說。

「我剛跟一家最新技術公司連絡，他們有一種可以用太陽能燒熱水，又同時用太陽能供給暖氣的新設備，我請他們來看看我們可以怎麼佈管線。」公公說。

「什麼！這個家我們一人有一半所有權的哩！是你說怎麼裝就怎麼裝嗎？都不用知會我？」婆婆聽了眞是爆跳如雷。

「是呀，但是請妳想想，我們居住的地球，我們也有大半保護的責任呀，受傷的大自然要跟誰去爭取權益呢？」公公緩緩地說。

唉！我在一旁聽了眞的是快要笑出來，公婆簡直是各說各話嘛！一邊要爭的是尊重，一邊是積極參與環保，連我想勸架都找不到論點切入哩！我只能將他們的對話解讀成：婆婆並不是不做環保，而是公公並不跟婆婆商量細節；公公認爲這是一件很正確的事，能做就盡量去做，不需要再去說服婆婆。

過了沒幾天，公婆家的新設備已經又裝置完成。眞的是蠻先進的呢，熱水、暖氣，全由太陽能來供給；冬天太陽光減少時，設備配置的電腦就會自動跳接到一般的傳統供應系統，不會讓家裡忽冷忽熱。老德先生則很認眞地研究著所有設備的電腦系統，所有數據和機器的狀況，再細心地連接到家用電腦中儲存控制。我想，這些複雜的規劃，公公確實很仔細地做了很多研究，也跟朋友請教了很多確實的訊息，所以公婆家已經快要變成能源獨立的房子了。我很好奇，爲什麼公公會這麼盡力地加入挑戰太陽能源的行列呢？

「我是每年都要去觀察葡萄生長（公公退休前任職於德國政府的酒類品質查驗部門），每一年氣溫的節節升高，讓葡萄的生長週期產生了很大的變化。只有實際看到，妳才會明白這些改變有多麼地驚人。」公公說。

「所以你覺得環保的工作是刻不容緩囉？」我問。

「正是如此，妳大概不知道，以前在法國南部較熱地區才會生長的紅葡萄品

種，現在在德國的產酒區長得跟法國一樣好；這是以前根本無法想像的事。如果夏日氣溫繼續上升，德國的傳統葡萄品種就會在德北地區也可種植，換句話說，德國中西部也可種出義大利的托斯卡尼的橄欖樹，甚至北歐也可釀葡萄酒；歐洲整個生態環境就會出現巨大的改變。」公公很細心地分析。

「哇！那這樣很好呀，我們這兒就會像義大利的托斯卡尼耶！」媳婦毫無概念地說。我家門外看起來像托斯卡尼，很讚喔！

「可是，傳統的植物就會在生成前因高氣溫而加速腐爛，蔬果也越長越小；受害的可不只是各地區的農民，是整個大環境。」公公語重心長地說。

原來如此呀，公公是近距離觀察大自然變化的人，所以知道環保的重要。

「我在電視上看見妳公公！」朋友打電話給我。

「我公公？」我一頭霧水。

「是呀，是報導全球暖化的專題，德國Phoenix電視台訪問了妳公公關於德國萊茵法茲區釀酒葡萄因氣溫暖化而產生的改變。」朋友說。

哇，眞是好認眞的公公哩！他不管一個人能爲環境盡多少力，還是對環保全力付出。想想看，如果一個國家中，有多一點像公公這樣的人，是否眞的能匯集成一股力量呢？

家族中的親戚，也有很喜歡做環保的人，不過，除了做環保，還喜歡投資有環保概念的股票，這些股票也在歐洲環保意識熱潮之際，股價節節高漲，讓一些親戚們很高興可以投資成功。於是，現在一到公婆家，話題都會繞著最新的環保話題，我也學會了許多最新的德國環保科技名詞，眞的很有趣！

根據美國高環保科技技術的最新統計，德國是目前世界上擁有最多高環保科技專利的國家，各項環保專利權和技術都已經遠遠領先了美國，即使德國國內經濟成長緩慢，失業率高升，但還是無法抵擋德國未來環保專利上的強大輸出威力。我想，這一定是德國政府和民間共同努力的結果吧。

婆婆對於公公新裝的一切設備都還算滿意。而且每個月還從市政府得到賣電力的費用和各項補助，算是蠻划算的能源投資。所以，我家公婆的「能源戰爭」總算完美和諧地暫時落幕。

有趣的生活小思考

我不常接觸環保話題，我想我一個人的力量也無法改善世界。太陽能發電，跟溫室效應有關？我需要知道有何關連嗎？

你的想法：

千年遊樂場

「我們明天上教堂屋頂去走走吧！」老德先生對我說。

「教堂屋頂？」我以爲老德先生在說笑話。小鎮的千年教堂屋頂怎麼上去呀？從沒聽說有人可以上教堂屋頂。眞的可以嗎？

「爲了籌措教堂維修經費，明天要開放給人上去參觀。」老德先生說。

「是嗎？維修教堂很貴？」我以爲維修教堂是政府的事。

「哇，當然很貴呀！已經維修超過十多年了，想想看人力和材料的花費，一定要靠捐贈才能繼續完成吧？報上說平均每天的基本維修花費是六千五百歐元。」老德先生唸著報紙上的報導。

「什麼！哇！」我聽了很驚訝。我算一算六千五百歐元差不多是台幣二十五萬，那一個月就是……那麼超過十年是……？

小鎮的大教堂，已經超過千年，在歐洲歷史上舉足輕重。已名列聯合國文教組織文物保護古蹟的老教堂，從一九九四年便開始了世紀大維修。一九九三老德先生和我的婚禮舉行過後，教堂便不再開放給一般民眾舉行婚禮（事前我們並不知情，眞是很幸運！）教堂四周搭起了鷹架，要給千年老教堂來個健康檢查。根據古蹟專家勘驗結果，老教堂從頭到腳都需要整修！哇，這可是項大工程，想想一這些老建材要重新做的費用，眞是相當驚人！在荏苒歲月中，老教堂曾經歷多次不少因戰爭帶來的摧殘。德國政府二次大戰後，開始完善的古蹟保護政策，在一九七八年後，德國全面實施古蹟保存法令，讓整個德國的大小古蹟可以在安全的保護下，繼續美麗存在著。

「明天我們一定要去支持一下，付參觀費用，讓教堂募得多一些錢。」老德先生說。他看起來好像是替教堂工作的人喔，超認眞的。大概像他這麼認眞的人不會太多吧？

「哇！隊伍太長啦！」我們來到教堂前，看到超多人在排隊。我錯了，原來不是只有老德先生認眞，還有更多人對古蹟保存很有心哩！我們趕緊加入隊伍，免得會來不及在唯一的開放時間上到教堂頂端。

「您也想上教堂頂端去玩呀？」我客氣地問排在我旁邊的一位老阿嬤，她看起來已經超過八十歲。

「我等了超過半世紀就等這一天。」阿嬤很可愛地說。

「半世紀以上？」我覺得她的回答超霹靂。

「呵呵，我小時候，常常問我的父母親如何才能上教堂頂端玩？因爲這是全鎭最高的地方，也是德國建築史上最有名的建築之一，可惜一直都沒機會。現在終於可以夢想成眞啦！」老太太高興地說。

「可是，上到教堂屋頂要爬很多階梯呢，您沒有問題嗎？」我問白髮阿嬤。她的背有點駝，而且很瘦。

「我跟妳說一個祕密，這份要爬上教堂屋頂的精力，我一直儲存在心中沒用掉，所以今天一定可以爬上去。」白髮阿嬤說出了令我感動到快掉淚的話。啊，這是什麼樣純眞的等待，只爲了一圓兒時的夢想！

有一大群小孩，由數十位家長帶著來排隊，家長利用排隊的長長時間，回答小孩們亂七八糟的問題：「爲什麼這些雕像的人都帶劍？」「這些雕像的人都吃什麼當晚餐？」「石棺材裡面有人嗎？」「爲什麼雕刻的獅子頭大身體小？」「我們爲什麼要排那麼久的隊？我很累。」「還有多久才輪到我們上去屋頂？」「上帝住在教堂的屋頂嗎？」「聖母瑪麗亞有穿鞋嗎？」小孩七嘴八舌，家長雖很有耐心回答，卻也快要窮於應付。

還有從法國來的教堂愛好者，他們是專門看老教堂的業餘組織，當然不會錯過這樣看古蹟教堂的好機會。

排在我們後頭的是一群德國學建築的年輕學生，拿著老教堂的相關資料正在

研究，準備好好到教堂屋頂去看看。他們彼此討論教堂的一些構造，還有教堂對哪些後代建築的影響，眞想一直聽聽他們更多的專業知識，可是一直盯著人家看也挺不禮貌的。

「下三十位，請進。」工作人員開放三十人進入教堂通往屋頂的小木門。因爲維修中的教堂都搭起了木棧道給人行走，保護結構不受傷害；太多人同時走上去，狹窄的老教堂通道也會產生危險。

排了三小時的隊之後，終於輪到我們進小木門囉！進到小木門，才知道爲何教堂的維修工程一天可以花到那麼多錢。各種溫濕度控制器材，特別材質設計的拱形小鷹架（適合維修教堂穹頂的構造），各種老材質的交互比對（因爲老教堂在千年中有用不同的材質，要比對後才能計算正確維修材料的重量，以免新材質重量不均而拖垮結構），立體超音波透視器材，檢測裡外牆之間的損壞狀況。最棒的是維修人員將教堂屋頂的內部用防火牆隔成不同的小區域，每區之間有電腦控制的自動閘門，一旦某區失火，所有防火閘門皆會立即關閉防止火苗亂竄而延燒到另一個區域。在千年的教堂屋頂中看到這些先進的設備，眞是有很後現代藝術的感覺。我放慢腳步想要再看看這些先進的科技裝備，卻被身後一個清脆的聲音給阻止了。

「對不起，請您跟上隊伍。」

回頭一看，是一位十來歲的小男生。

「對不起，因爲一次必須分成三十人一組來平衡木棧道的重量；後一組人已經快接近了，所以請您跟上您的那一隊。」小男孩說。

「眞是抱歉！」我趕緊跟上我的隊伍。

小男孩跟在我們這一隊維持行進速度，原來他是義工。唉喲，我的好奇心又跑出來啦，一個十四歲的孩子，怎麼有心當起古蹟義工？

「我爸爸是建築師，媽媽是考古學教授，他們在我兩歲的時候就開始當維修老教堂的義工。」可愛的男孩說。

我算了算時間，眞的沒錯，他兩歲時，教堂就開始維修，十二年過去，他正好十四歲。

「你對老教堂的知識可比很多人淵博呀！」我說。

「倒也沒有。我父母常說當了十多年的義工，還是常常可以從這座老教堂學到許多新知識。我只是從小就常被帶到這兒而已。」小男孩謙虛地說，「我爸爸才比較厲害。」他指指正在帶另一隊參觀的爸爸說。

眞是一個令人羨慕的可愛小孩！想必他在面對雄偉的歷史古蹟時，經由父母以身作則的紮實訓練，一定具有喜愛知識又博古通今的柔軟心腸吧？他在成長的十四年中，被千年的古代建築包圍，眞是太過癮了！從這個觀點看來，保護古蹟是一種無言的教育，是人類不斷循環的對智慧的虔敬學習。

「哇！你居然把千年老教堂當成你的遊樂場喔！眞棒！」我說。

「哈哈，妳這麼說我也不反對。」小男孩可愛地回答，「保護老教堂是我不會放棄的工作。」

聽了小男孩的話，我想不只是我，連千年老教堂也會很高興吧！希望這美善的義務工作精神，會永遠傳遞下去。

有趣的建築小思考

真的有需要保護古蹟嗎？古蹟會不會阻礙新市鎮建築的發展？破舊又不能用的古蹟應該拆掉，新建築比較合乎潮流又漂亮。

你的看法：

這一定是愛

阿湖（Aasee）在德國的孟斯特城（Muenster）。阿湖是一座人工湖，湖水是聚集雨水而成，有淨化城市空氣的調節作用。它是一座有名的人造有機湖泊，完善的生態規劃，使附近的河川、生態、動物，都藉其存在而有足夠的空間緩流及活動生存。

阿湖的有機精神，感染了來親近自然阿湖的城市住民；湖中帆船活動，夏日的湖畔日光浴，讓居民的生活早已經與美麗又自然的阿湖密不可分。喜愛阿湖的人，都知道這座有機湖畔每年招待了多少由世界各地前來避冬的候鳥，夏日的阿湖湖畔，是人與大批候鳥和諧共處的天堂。

就在二〇〇六年夏日，阿湖發生了一個不可思議的事件！不要緊張，是不可思議的超可愛的事件，這故事讓我咀嚼再三，依然覺得很有趣，所以要分享給你聽，讓我們一起體驗德國人對動物及自然的有心吧！故事是這樣的：

夏天的阿湖，有大型兩人座的腳踏出租船。相信喜歡水上活動的人對這種腳踏船一定都不陌生。腳踏船很適合情侶乘坐，兩人同心協力地踏呀踏，水底的小船槳就轉個不停，兩個人踏到湖中央，說些體己的知心話，眞是再也浪漫不過啦！腳踏船有很多是動物造型，其中又以天鵝的造型居多，天鵝優雅的身影，眞的是很符合戀人的心情喔。有一隻黑色的候鳥天鵝，從澳洲飛到阿湖避冬的，黑天鵝竟對一隻白色的塑膠天鵝腳踏船一見鍾情！天天跟在比自己大三倍的腳踏船旁邊，寸步不離。阿湖邊的遊客及居民，對這現象原不以爲意，還給黑天鵝取了一個名字：彼得。但夏天過去了，彼得還是天天跟在白塑膠腳踏船天鵝的身邊；接著，阿湖的秋天也結束了，所有的候鳥都飛走了，而癡心的彼得卻還是深深戀著塑膠白天鵝，一點都不想離開愛人的樣子。

這眞浪漫呀！阿湖邊的居民說。愛情讓候鳥變成留鳥！大家天天來到阿湖旁看彼得，還帶生菜和麥片給彼得吃；但是，出租腳踏船的船主可不認爲浪漫，他得趕在下雪前，將所有腳踏船都從阿湖收進倉庫，免得湖面結冰，腳踏船就會壞掉啦！腳踏船船主很耐心地等了又等，但彼得就是不肯離開塑膠腳踏船天鵝！這該怎麼辦呀？

孟斯特城的帆船俱樂部，整個夏天完整目睹了這一樁眞鵝和塑膠鵝之戀。會員們在阿湖上放船玩風帆，他們知道深情的彼得即將面臨的命運。因爲阿湖在冬天非常寒冷，如果彼得來不及飛回澳洲避冬，牠一定會在阿湖被凍僵。於是，帆船俱樂部會商了獸醫和孟斯特動物園後，決定展開援救這隻因愛迷途的黑天鵝的行動。俱樂部成員運用人力，將彼得的活動範圍縮小，讓牠一直跟在塑膠天鵝旁邊，再請動物園長和獸醫用食物引誘彼得上岸走到動物園區。獸醫捉住彼得後，立即給牠做了健康檢查，並發現彼得（Peter）居然是女生啦！哈哈哈！當場給牠改名叫佩特拉（Petra）。

孟斯特動物園答應可以收留彼得過冬，但是塑膠腳踏天鵝必須也要一起過冬，以防黑天鵝看不到愛戀的塑膠鵝驚嚇飛走而凍死。但是，誰要出腳踏船一整個冬天的租金呢？一家當地的銀行立即成立了救助黑天鵝的基金，捐錢給這個救援行動；當然阿湖邊喜歡黑天鵝戀情的人，也歡迎捐款給黑天鵝和動物園，讓這個可愛的救援行動持續下去。

我非常喜歡這個故事。因爲在這個故事中，我看到很多大人的自然童心。看到一座有機湖畔的居民，對自己居住環境的關心。更看見整個城市對教育小孩環保及愛護動物的有心。這件援救黑天鵝之戀的行動，絕不是一件無聊的事。在這個事件中，我感受到阿湖邊的人們對這座有機湖的愛是很具體的。因爲，當人在愛一個環境時，才會在這個環境中，注意到所有微小的需要，即使是微小到像眞鵝愛上塑膠鵝，大家都會用力的付出心力。這故事裡專業動物保護從業者的友善態度，還有商業機構對保護動物的認知和捐款，都給人心帶來了良性的互動。

「這一定是愛！」第二天，有德國媒體在報上登出了黑天鵝的故事，還登了黑天鵝依偎著大白塑膠天鵝的照片。哈哈哈，好可愛呀！我想黑天鵝小姐一定是

Sarah

很高興找到了她的「白鵝王子」吧！不過，我認爲援救黑天鵝的行動更是大愛，因爲大人們不用說教，只需要以身作則，就讓廣大的下一代學會了如何細心地觀察大自然和愛護動物。這種態度，就是愛的開始。

有趣的生活小思考

天鵝哪會談戀愛？不要開玩笑了。我覺得把時間精力拿來做別的事會更好。

你的看法？

國家圖書館出版品預行編目資料

巧克力情書／鄭華娟 作； -- 初版. -- 臺北市：
圓神，2007〔民96〕
200面；14.8X20.8公分.（鄭華娟系列；15）
ISBN 978-986-133-182-9（平裝）

855　　95025655

The Eurasian Publishing Group
圓神出版事業機構
用心與你對話・視野無限寬廣
圓神出版社
Eurasian Press

http://www.booklife.com.tw　inquiries@mail.eurasian.com.tw

鄭華娟系列 015

巧克力情書

作　者／鄭華娟
發 行 人／簡志忠
出 版 者／圓神出版社有限公司
地　址／台北市南京東路四段50號6樓之1
電　話／（02）2579-6600・2579-8800・2570-3939
傳　真／（02）2579-0338・2577-3220・2570-3636
郵撥帳號／18598712　圓神出版社有限公司
副總編輯／陳秋月
主　編／沈蕙婷
責任編輯／沈蕙婷
美術編輯／金益健
行銷企畫／吳幸芳・陳羽珊
印務統籌／林永潔
監　印／高榮祥
校　對／鄭華娟・沈蕙婷
排　版／莊寶鈴
經 銷 商／叩應有限公司
法律顧問／圓神出版事業機構法律顧問　蕭雄淋律師
印　刷／龍崗彩色印刷
2007年 02月　初版

定價 240元　ISBN 978-986-133-182-9

105

台北市南京東路四段50號6樓之一

圓神出版事業機構　收

寄件人：

地址：　市　鄉鎮
　　　　縣　市
　　　　路（街）　段　巷　弄　號　樓

電話：（宅）　（家）